Dirk Viessmann

Odyssee
im Krankenhaus

Mein Herz in meiner Hand!

© 2024: Dirk Viessmann

Korrektorat: Janina Viessmann
Laurektorat: Frau Hensel

Druck und Distribution im Auftrag des Autors:
tredition GmbH, Halenreie 40-44, 22359 Hamburg,
Deutschland

ISBN
Paperback   978-3-384-24360-7
Hardcover   978-3-384-24361-4
e-Book   978-3-384-24362-1

Printed in Germany

Kapitel

Für ein besseres Verständnis, warum ich meine Entscheidungen so getroffen habe, wie ich es tat.

Gar nicht witzig …

…. aber mit Humor geht Alles besser!

Vorwort

Fangen wir doch einmal mit dem Erfreulichen an. Ich sitze hier und schreibe!

Hier… das ist in diesem Fall der Saunabereich des Wildorado zwischen zwei Saunagängen. Und genau hier, so lautet mein Plan, erkämpfe ich mir meine alte Leistungsfähigkeit zurück. Also nicht direkt in der Sauna, sondern eher im Fitness-Studio und im Schwimmbad. Dazu gehört für mich dann natürlich auch die Sauna in einem gewissen Maße. Und dieses Maß, nun ja, um es mal maßlos auszudrücken, nimmt zeitlich gesehen tatsächlich den größten Teil auf meiner Reise zum alten Dirk ein. Weil der ‚Alte‘ eben auch schon gerne geklönt hat und man es ja auch nicht übertreiben soll mit dem Anstrengen. Nebenbei bemerkt klingt „Meine alte Leistungsfähigkeit" auch etwas abgehoben. Ich war doch niemals derjenige, der einen Halb-Marathon auch nur in Gedanken gelaufen wäre. Nope, ruhig machen und nicht übertreiben!

Gerade jetzt nach einer solchen Operation …und vor Allem erst nach 3,5 Monaten …und gerade dann, wenn das alles sooo gut gelungen ist wie in meinem Fall.

Aber hey, das Erfreuliche ist ja, dass ich hier sitze und schreibe! Das war über weite Strecken nicht ganz so glasklar.

Aber fangen wir doch vielleicht besser von vorne an. Besser nicht ganz von vorn, das ‚WARUM' ich überhaupt etwas mit dem Herzen habe, kläre ich dann mal später auf…

Kapitel 1

Rechtzeitig erkannte Probleme sind die Besten!

Ich beginne mal so ca. vor einem halben Jahr. Zu diesem Zeitpunkt, also Mitte / Ende August 2023, wurde mir die Dringlichkeit der Angelegenheit deutlich gemacht. Beim Blick ins Gesicht meiner Kardiologin.

Grau! Ein Hauch von unbedrucktem Zeitungspapier! …

An dieser Stelle war ich etwas gemein bei der Formulierung und habe die Zeilen wieder gelöscht!

Auf alle Fälle offenbarte der Blick in ihr Gesicht jedoch ein facettenloses Grau, welches mich da anstrahlte. Das Bilirubin wurde wohl gerade anderswo dringender benötigt. Wo nur? Hmm…

Und dabei hatte bei der letzten Untersuchung vor einem Jahr doch alles so goldig ausgesehen. Also mein Zustand im übertragenen Sinne, nicht ihr Gesicht. Damals war meine Herzleistung ihrem Befund zufolge noch bei über 60 Prozent, meine Ventrikel (nicht Testikel – so genau hatte sie nicht untersucht!) normal groß entwickelt und das Belastungs-EKG war…, gut…des war fei net sooo goldig!

Was genau daran nicht so gut war, hatte mir die liebe Ärztin damals aber auch nicht sagen können. Oder wollen. Vielmehr entnahm ich dies damals ihren Äußerungen mir gegenüber. „Also Herr Viessmann, da hätte ich Ihnen aber mehr zugetraut!" „...Hä...? Wie bitte ...WAS?" „Na mehr Leistung natürlich!" Ihr Gesicht wackelte zickig hin und her, begleitet von einem kurzen Zischen. „Frau Doktor" erwiderte ich dem ‚X' (das war wieder nicht sehr freundlich und wurde von mir gelöscht!) sehr, sehr freundlich, „ich wähnte mich hier bei Ihnen bei einer ärztlichen Untersuchung, nicht im freien Wettkampf!" Ich konnte ebenfalls zischen. Okay, nun muss ich zu ihrer Verteidigung vielleicht auch sagen, dass ich schon immer weitaus fitter und cooler ausgesehen habe, als ich in Wirklichkeit war, aber mal ehrlich ... von einer Ärztin erwartete ich nach einer Untersuchung etwas Qualifizierteres als DAS. Ich war ja nicht hergekommen, um mich von ihr beleidigen zu lassen oder mich zu rechtfertigen. Medizinischer Check, meinetwegen gerne mit deutlichem Hinweis auf eine gesündere Lebensführung, mehr Sport oder eine gesunde Ernährung. Aber nicht so etwas wie „Ey man, du Lusche du!". Da fällt mir doch spontan Frau Dr. Merkel aus Königs Wusterhausen wieder ein. Ich wollte bei ihr vor einiger Zeit die Herkunft der Schmerzen in meinen Beinen und Füßen abklären. Das Erste, was die Gute damals sagte, war: „Viessmann, ... Plattfuß!". Ob sie sich das diktierte, ein Gespräch mit mir eröffnen wollte oder mir einfach einen neuen Namen

geben wollte, wusste ich nicht. „Viessmann, …
Plattfuß!" Hab ich nicht! Also zumindest nicht das,
was ich unter ‚Plattfüßen' verstehe. Mir wollte sofort die Antwort: „…und Du bist alt und hast einen
Frauenbart!", herausplatzen. Ich konnte mich jedoch beherrschen und nahm ihre Äußerung mal
zähneknirschend so hin. Ich murmelte mir nur
mehrfach das Wort ‚hässlich' in den Bart. Leiden
konnte ich die Tante ganz spontan auch nicht mehr!
Anscheinend reagiere ich wohl hin und wieder
über? Hmm, … sehr gut möglich!

Aber nun war ich ja gerade immer noch bei meiner Top-Kardiologin zugange, deren athletischen
Ansprüchen ich wohl so ganz und gar nicht gerecht
werden konnte. „Viessmann … Schlaffie!", …sagte
sie natürlich nicht! Fühlte sich aber so an. Oh, was
konnte ich DIE plötzlich auch nicht mehr leiden!
Mit zunehmendem Alter geht das irgendwie immer
schneller! Egal. Es interessierte mich damals spontan auch überhaupt nicht mehr, was die da laberte.
Ich legte ihre Auswertung zu meinem Belastungs-
EKG und den Herzwerten, oder vielmehr das teilweise Fehlen derselben, damals also einfach so ad
acta. Leider nahm ich mir aber so vor gut einem Jahr
auch die Gelegenheit, mich über die „goldigen"
Herz-Werte zu wundern, welche sie in den Arztbrief schrieb. Da wäre mir ansonsten schon so einiges aufgefallen. Das konnte ja gar nicht so sein, wie
sie es niederschrieb! So waren meine Ventrikel doch
seit sehr langer Zeit nicht mehr normal groß

entwickelt, da ich seit frühester Jugend ein Sportlerherz habe. Das heißt, sie waren bereits stark vergrößert. Wessen Herz hatte sie da nur gesehen und untersucht? Und meine Pumpleistung war ebenfalls seit langem nicht mehr im absoluten super-duper Bereich. Bereits vor gut 15 Jahren war diese in den unteren 50er Prozenten. Also das ist normal und auch gut...aber das sind eben keine 60%, wie von ihr diagnostiziert!

Egal, jedenfalls berichtete ich ihr nun, also rund ein Jahr später, davon, dass ich seit einigen Monaten ein für mich neues Gefühl verspürte ... und zwar im Ruhezustand. Das Verlangen des Öfteren zwei - dreimal tief Ein- bzw. Durchatmen zu müssen. Keine Luftnot, kein Krampfen, aber eben anders als normal. Als Luftnot konnte man schon eher das bezeichnen, was ich bei den letzten Beachball Spielen verspürte, wenn wir tatsächlich mal nur zu zweit oder dritt spielten. Auch neu! Ich machte sie auch noch einmal darauf aufmerksam, dass bei mir vor vielen Jahren eine bikuspide Aortenklappe diagnostiziert wurde, weswegen ich im Übrigen auch jährlich kardiologisch gecheckt werden muss. Diese Klappe musste wohl oder übel irgendwann gemacht werden, das war mir bewusst. Mein damaliger Arzt, Dr. Gieseke, prognostizierte Anfang 2007, dass dies wohl in ca. 20-25 Jahren soweit sein könnte. Ich bat sie nun also, dieses Mal doch bitte etwas genauer hinzusehen, weil ich dieses eben beschriebene, neue komische Gefühl hatte. Sie rollte mit den Augen. Sie wollte mir erzählen, dass ich mich nur verrückt machen lasse und ich mich doch bitte nicht so haben soll. Das sei alles so gar nicht nötig. Mann … ihr Gesicht zerknüllte sich vor meinen Augen immer mehr. (War so, lasse ich so stehen!) Ich machte ihr auf die in diesem Moment freundlichste Art und Weise klar, dass sie nun besser ihre Klappe halten und mich genau untersuchen soll. Aufgrund der längst in mir aufsteigenden leichten Wut versagte jedoch mein Liebreiz und ich formulierte recht direkt! Das Wort Klappe tauschte ich natürlich aus. Glücklicherweise machte sie jetzt ihren Job ohne weitere Widerrede.

GRAU, wie schon gesagt! Aber dieser schnippische Gesichtsausdruck war plötzlich bei ihr verschwunden. Anscheinend sammelte sich ihr Blut endlich im Kopf und versuchte dort, beim Versuch eine Erklärung zu finden, hilfreich zu sein.

„Wie..?" „Was..?" Im Sprachzentrum war es offensichtlich noch nicht angekommen.

„Herr Viessmann, das .. ist ja .. ähm, wir müssen … also ..". Sie atmete tief durch. „Ich mache ihnen jetzt eine sofortige Notfall-Einweisung ins Krankenhaus fertig."

Meine leichte Wut wich spontan einer ungeheuren Angst. So schlecht fühlte ich mich doch nun auch wieder nicht! „Ich darf aber schon noch kurz nach Hause?", wollte ich wissen. „Auf keinen Fall!", sagte sie. „Direkt ins Krankenhaus! Ihre

Pumpfunktion liegt bei unter 25 %." Ich bekam weiche Knie. Sie wollte einen Krankentransport rufen, ich bestand aber darauf, selbst hin zu fahren. Waren es doch nur ein paar hundert Meter. Gesagt getan.

Kapitel 2

Hedwigshöhe die Erste

Dort angekommen bestätigte sich während den Untersuchungen innerhalb des darauffolgenden 3,5 Tage-Aufenthaltes leider diese schlechte Diagnose. Ja, wurde sogar aufgrund einer durchgeführten Herzkatheter - Untersuchung dahingehend ergänzt, dass eines meiner Herzkranzgefäße wohl bereits zu 90 % verschlossen ist und ich nun anscheinend einen Bypass brauche. Ich war geschockt. Möglich nur durch eine Operation, in welcher mein Brustkorb komplett geöffnet werden muss und am offenen Herzen gefummelt wird. Dazu wird das Herz, so die Aussage der Ärzte, für einen gewissen Zeitraum durch Medikamente platt gemacht und danach wieder reanimiert. Mein Leben lag in Scherben. Für diese Zeit würde eine Maschine das Blut durch den Körper pumpen und mit Sauerstoff anreichern. Oh Gott, das klang … SCHRECKLICH! Ich wusste ja, dass an der Klappe irgendwann mal etwas gemacht werden muss. Nur habe ich mir auch nie Gedanken darüber gemacht, in welcher Art und Weise dies geschehen würde. Und natürlich war das auch immer ein ‚zukünftiges' Ereignis. Nix was zeitnah und schon gar nicht jetzt stattfinden muss.

Nun also doch!

Dringend! Sofort!!

Jetzt ging alles sehr schnell.

Mein ungewollter Krankenhausaufenthalt hier in Bohnsdorf sollte sich noch übers Wochenende verlängern und danach sollte es direkt ins Deutsche Herzzentrum Charité, kurz DHZC gehen. Dort sofortige OP, also sobald sie freie Kapazitäten haben. Bei der Dringlichkeit meines Falles, sicherlich gleich am ersten Tag…oder zumindest doch am Zweiten.

Jetzt ging alles sehr schnell…! Hatte ich das gerade schon geschrieben? Hmm.

Hey, außer meiner Psyche aufgrund der Diagnose und der Prognose fürs nächste halbe Jahr ging es mir gut. Also körperlich. Ich konnte es nicht fassen. Was war da bloß geschehen? War meine Kardiologin tatsächlich so blind und schlecht, wie ich es längst vermutet hatte? Weil ich seit Diagnosestellung meine Familie nicht mehr gesehen hatte, zog ich in diesem Moment die Notbremse. Da hier am Wochenende sicherlich eh nix geschehen wird und weil ich versprach, nächste Woche direkt ins DHZC fahren zu wollen, durfte ich das Krankenhaus verlassen. Gegen ärztlichen Rat natürlich. Das war mir aber auch egal! Da gab es zu Hause einiges zu erklären und auch zu klären. Und zu kuscheln und zu schmusen. Und sich Kraft und Mut zu holen. Soo vieles gab es da noch zu erledigen. Und so wenig

Zeit dafür, denn jetzt ging alles ganz schnell. Hmm…!

Am letzten Tag dort im KKH in Bohnsdorf hatte ich noch mal eine Herzechokardiographie, um die Abmessungen der Klappe für die bevor stehende Operation zu erfahren. Damit dann bei der OP im DHZC das richtige Material bereit liegt. Dieses Mal wurde das ‚Echo‘ aber von innen gemacht. Ein sogenanntes Schluckecho. Mit Vorgeschmack auf die OP irgendwie. Hierzu durfte ich nämlich schon mal dieses tolle Krankenhaus-Hemdchen anprobieren. Das heißt, nackter Arsch und ein seltsames Küchen-Handtuch-Muster vorne herum. Auch egal. Wie auch bei der letzten Echo-Untersuchung vor 2 Tagen empfing mich wieder Schwester Manja mit einem Lächeln in der Radiologie und erklärte mir, wie das dieses Mal gleich vonstattengehen wird.

Manja, nach den beiden kurzen aber knackigen Aufenthalten dort in KKH Hedwigshöhe, eine der wichtigsten Personen für mich, wenn es darum ging, den Mut zu behalten und nach vorne zu schauen. Immer ein Lächeln im Gesicht, immer einen netten, manchmal frechen Spruch auf den Lippen und außerdem auch hübsch. Es ist schön, schöne Dinge zu sehen.

Sie erklärte mir also ruhig, was gleich passieren würde. Es gab die Option, das ganze bei Bewusstsein zu erleben, oder weg zu knacken und nix mitzubekommen. Ich entschied mich natürlich für die erste Option.

Vorsicht Spoiler.... Das war mal eine richtige Kack-Idee!

Ich dachte ja auch, dass, wenn es diese Option gibt, sie auch halbwegs verträglich wäre. Falsch gedacht! Bevor ich das aber realisieren konnte, hatte ich bereits einen Beißring alla „Pulp Fiction" im Mund und konnte nicht mehr sprechen. Gut, im Film war es eine Kugel und bei mir ein Ring, das änderte aber nichts an dem Umstand. Ich versuchte noch witzig zu sein und wollte sagen, dass mich das Ding an diesen Film erinnert... heraus kam natürlich nur: "hal hikken"! Dabei schaute ich den beiden Damen, Manja und der Ärztin, freudig in die Augen und wiederholte fleißig. „Hal hikken...hi hei hal hikken." Beim Blick in ihre Gesichter verstand ich plötzlich, was sie verstehen mussten! Ich kugelte mich vor Lachen und verschluckte mich fast an meiner Spucke, welche ich jetzt aufgrund des Beißrings nicht mehr schlucken konnte.

Nicht sehr liebevoll wurde mein Rachen von der Ärztin mit einem Spray betäubt und mir das Ding in den Hals geschoben. ‚Hikken' mein Freundchen...auf jeden Fall!

Jetzt wurde es laut. Es klang wie der Herbst im Nebelwald! Die ganze Untersuchung wurde begleitet von einem Gegrunze, Geröhre und Gewürge. Die Beiden schienen das normal zu finden. Manja lag mittlerweile fast auf mir drauf und streichelte meine Nase mit ihrem Zeigefinger. Dabei sagte sie ständig: „Denk an die Nase, immer an die Nase denken". Der Gedanke, warum ich jetzt ausgerechnet an meine Nase denken sollte, verwirrte mich leider nur viel zu kurz. Eine schreckliche Erfahrung! Natürlich kam zu allem Unglück noch ein Student ins Behandlungszimmer, welcher solch einer Prozedur noch nie beigewohnt hatte. Er freute sich, dass die Ärztin ihm nochmal alles ganz genau erklärte. Das verlängerte meine Qualen um einige Minuten. Als diese Folter endlich vorüber war, zog sie das Ding, welches übrigens selbst schon dicker als erwartet am Ende noch eine dicke fette Verdickung hatte, ebenso liebevoll aus meinem Rachen, wie sie es reingestopft hatte. ‚Hikken hikken'… ich fühlte mich mit Anlauf in den Hals gehikkt! Manja streichelte mich nicht mehr, lobte mich aber, wie tapfer ich das weggesteckt hatte und schob mich vor die Tür.

Da stand ich nun. Oder besser lag in meinem Bett, in welchem sie mich hergebracht hatten. Sie hatten mich natürlich nicht mit nacktem Arsch durchs Krankenhaus wackeln lassen. Das machte die Situation aber trotzdem nicht viel besser, denn mittlerweile war schon wieder eine gute halbe Stunde vergangen und nix passierte. Als Manja mich sah, war sie erstaunt, dass ich noch nicht abgeholt wurde. Ich meinte noch zu ihr, dass diese Situation es bestimmt in meine Albträume schaffen würde.

Fast nackt aufm Flur vergessen, nachdem der Hals schön durchge"hikkt" wurde. Das hat Potential!

Naja, irgendwann wurde ich wieder auf mein Zimmer gebracht und war einen Tag später zu Hause. Zwar immer noch mit Halskratzen und rauer Stimme, aber sehr glücklich, mich in Sachen Heimreise durchgesetzt zu haben. Nicht noch eine Nacht mit anhören zu müssen, wie mein Zimmernachbar seine Windeln mit Getöse füllt. Das macht er natürlich nicht mit Absicht, da kann er nix dafür…ist trotzdem nicht schön! Ich war die letzten Tage auch nicht hier im Zimmer aufs Klo gegangen. Tagsüber knallte er nämlich das „Badezimmer" voll. Ich hatte jedes Mal eine Fäkal-Verrieselungs-Anlage vor meinem geistigen Auge. Da konnte ich nicht rein gehen. Beim besten Willen nicht! Ich ging immer nur auf das Gäste-WC der Nebenstation. Dort putzte ich mir sogar meine Zähne und wusch mich. Ansonsten gab es aber wirklich keinen Grund sich zu beschweren. Schwestern und Pfleger waren topfit und total nett und die Ärzte anscheinend auch fähig. Das Zimmer war eigentlich sauber und das Essen weitestgehend in Ordnung.

Wie sich dann herausstellte, sollte ich nach dem Wochenende nicht direkt ins Herzzentrum, sondern warten, bis die mich kontaktieren. Ab jetzt ging also alles so richtig, richtig schnell!! (…ja ich weiß!) In meinem Zustand sollte man auch nicht warten! Nein, nein, nein.

Zusammengefasst hatte ich noch 2,5 Wochen daheim, worüber ich doch sehr dankbar war. Auch, wenn es nun doch nicht so SUPER SCHNELL ging wie angekündigt. Nach ca. 10 Tagen war meine liebe Frau auch nicht mehr ganz so ängstlich, dass ich aufgrund der Diagnose jederzeit umkippen könnte. Verstanden haben wir das nicht wirklich, nachdem solch ein Alarm gemacht wurde und die OP am besten schon gestern hätte stattfinden sollen. Aber okay. Auch nicht, dass ich vor der Einbestellung noch zum Zahnarzt und mir bestätigen lassen musste, dass es derzeit keine Baustellen in meinem Mund gibt. Das gab mir bei der Dringlichkeit der Angelegenheit Rätsel auf. Aber Doppel-okay! So hatte ich gleich noch eine Zahnreinigung mit eingeschoben. Kann ja nie verkehrt sein. Meine große Tochter Emilia hatte ich so wenigstens auch noch zweimal vor der OP sehen können...man weiß ja nie! Mit Allen noch ein paar schöne Tage verlebt.

Zeitsprung.

Kapitel 3

Deutsches Herzzentrum Charité

Alle Vorbereitungen getroffen, schlug ich also am 12. September gegen 9:00 Uhr im DHZC im Wedding auf und freute mich riesig auf die bevorstehende Öffnung meines Brustkorbes und das wochenlange „auf dem Rücken Liegen" danach. Das ganze zwischendurch versuchte ich krampfhaft als nebensächlich zu betrachten. Hauptsache die Narbe wird nicht zu hässlich. Das Gelingen der Hauptaktion stand doch außer Frage, war ich doch im besten Hause am Platze gelandet, was diese OP angeht. So zumindest hatte ich es gegoogelt und wurde es mir allseits bestätigt. Noch vor 2 Jahren rangierte diese Klinik auf Platz 9 einer weltweiten Auswahl als einziges europäisches Haus überhaupt in den Top Ten. Das beruhigte mich schon irgendwie. Ich zog eine Wartenummer! Auch beruhigte mich die Wahrnehmung, dass diese Operation wohl so oft gemacht wird, dass das mittlerweile echte Routine ist und sozusagen vom Pförtner nebenbei gemacht werden kann. Na hoffentlich macht das bei mir nicht der Pförtner nebenbei! Hohohohihihihahahahahaaarrhghh…

Kurzes Warten. Aufnahmegespräch! Alle sehr freundlich und bemüht, eine angenehme Ruhe auszustrahlen. Die wissen, dass man nicht hier ist, weil man im Lotto gewonnen hat. Obwohl, mein Spruch zu meiner Situation damals ja noch war:

„Die besten Probleme sind diejenigen, welche man entdeckt hat und die behoben werden können!".

Das kommt einem Lottogewinn doch eigentlich recht nahe, denke ich. Egal, ich rückte weiter vor. Vom Tresen und dem Aufnahmegespräch, zur Aufnahmeuntersuchung. Schwester Gabi, meine Sonne in diesem kleinen kranken Universum hier! Wir waren uns sofort sympathisch. Ich denke und hoffe, dass sie diese unglaublich liebe Art jedem Patienten hier zuteilwerden lässt, glaube aber, dass dies eine unvorstellbare Menge an positiver Energie und guter Laune bedürfen würde. Na es gibt solche Menschen!

Nach dem Aufnehmen der üblichen Daten wie Blutdruck usw. buchte sie mich ein. Sie meinte, was für ein Glück ich hätte, hier im ‚Virchow-Teil' der Klinik untergekommen zu sein. Hier liegen wohl die Erfahrungen und das Prozedere funktioniere auch noch recht gut. Im ‚Charité-Teil', welcher Anfang 2023 dazu gekommen sei, sähe das noch anders aus. Zwar beeinflusse die nicht so gute Abstimmung zwischen beiden Häusern auch diesen Teil, jedoch könne dies hier ganz gut kompensiert werden. Ich hatte ein super Gefühl. Mehr, als ich heute Morgen überhaupt erhoffen konnte. Sie buchte mich außerdem für die Übernachtung im

Guesthouse auf dem Gelände ein. Dort, so ihre Aussage, werden einige der bevorstehenden Operationen für die Nacht vor der OP gebucht, da die Stationsbetten sehr rar sind und diese Nacht besser im entspannten Ambiente des Hotels verbracht werden sollte, als hier im Vierbett-Zimmer. Macht absolut Sinn! Als ich vorhin beim Einchecken um eine mit Zusatzkosten verbundene Doppelzimmer/bzw. Einzelzimmer-Buchung bat, wurde mir davon abgeraten, da diese in der Regel nicht verfügbar sind oder aber das Upgrade im Fall der Fälle dazu gebucht werden kann. Na nun bekam ich ja sogar ein eigenes kleines Hotelzimmer. Super Service! Ich bedankte mich vielmals bei Schwester Gabi und wartete nun auf weitere Untersuchungen und auf das Arztgespräch. Das Warten zog sich natürlich endlos in die Länge. Ich bekam also noch einen Essensgutschein und aß in der Kantine zu Mittag. Grüne-Bohnen-Eintopf mit Lammfleisch...sehr, sehr lecker! Ich musste mich stark zurückhalten, mir nicht noch eine zweite Portion zu holen. Hatte ich mir doch geschworen, in den Tagen nach der OP nicht auf den Schieber zu wollen. Ja Schieber! Ich benutze bewusst nicht das Wort ‚Bettpfanne', da ich Pfannen und deren Inhalt gewöhnlicherweise sehr gerne mag! Mir ging es in diesem Moment trotz der morgigen Schatten, welche über mir hingen, ungewöhnlich gut und ich hatte eine super Laune.

Beim Arztgespräch wurde ich über die Risiken beider Operationsziele (Bypass und Herzklappe) und über das „Für und Wider" von mechanischen und organischen Klappen aufgeklärt. Abschließend musste ich diese Belehrungen unterschreiben und mich für eine der beiden Klappen entscheiden. Da eine Organische nach derzeitigem Wissensstand nach ca. 15 Jahren wieder ausgetauscht werde muss, entschied ich mich für eine Mechanische. Dies bedeutet zwar Blutverdünner bis ans Lebensende, jedoch wollte ich das Thema Herz-OP hinter mir haben und nicht nochmal unters Messer müssen. Außerdem empfand ich die Blutverdünnung nicht als das Riesen-Problem, da das bei vielen Menschen im Alter aus den verschiedensten Gründen sowieso notwendig wird. Zu den Risiken der Bypass- und Aortenklappen-Operation gab ich natürlich ebenfalls meine Unterschrift...ich werde ja wohl nicht zu dem 1% gehören, bei dem das nicht funktioniert. Also eines von Beiden. Oder beides.

Zum Abschluss des Gespräches wurde mir noch eröffnet, dass ich zwar HIER in diesem Klinik-Teil aufgenommen werde, HIER aber leider nicht bleiben kann. Hää…bitte wie? Ja, ich wurde umgeplant, da hier auf der Station kein Platz für mich ist. Hää…bitte was? Wurde ich denn nicht von euch schriftlich zum heutigen Termin eingeladen? Doch, äh doch! Und wurde ich denn von Gabi nicht im Guesthouse eingebucht? Doch, äh doch! Aber ich wurde wieder ausgebucht! Wurde so entschieden. Na nicht von mir liebe Frau Doktor! Hier im ‚Virchow-Teil' hat man derzeit keine Kapazitäten.

Nicht für mich! Ich werde im ‚Charité-Teil' operiert. Das wäre aber auch gar nicht so schlimm, so wurde mir gerade versichert, denn das sind nicht einmal hundert Meter unterirdische Wegstrecke von hier aus.

Na jedenfalls war meine gute Laune nun wie vom Winde verweht. Also im Grunde war es mir ja auch fast egal, wo ich operiert werde, wenn es vernünftig gemacht wird. Ich hatte nur das beklemmende Gefühl, dass der Chirurg, welcher sich mit meinem Fall hoffentlich im Vorfeld beschäftigt hatte (hahaha), dies nun umsonst getan hätte und mich jemand aufschneidet, dem mein Fall völlig unbekannt ist (Gegenteil von hahaha). Erst viel später wurde mir bewusst, dass Vorbereitungen in dieser Hinsicht wohl völlig verpönt sind. ‚So in etwa ‚*Motorhaube auf und gucken, was im Werkzeugkasten liegt und verbaut werden kann'*.

Ich setzte mich wieder auf den Gang und wartete wie ein Häufchen Unglück auf weitere Untersuchungen. Herzechokardiographie und das Anästhesiegespräch standen noch auf meinem Zettel. Gabi sah mich dort sitzen und fragte, warum ich so traurig dreinschaute und nicht längst im Hotel sei. Ich klärte sie auf. Sie verstand jetzt gar nichts mehr und wollte sich darum kümmern. Sie fragte eine Kollegin am Telefon, was da schiefgelaufen sei und ob ich tatsächlich im Hotel ausgebucht und in `C-Teil' eingebucht bin. Keine Ahnung, ..ja, ..nein. Also, keine Ahnung warum, aber ausgebucht JA, jedoch drüben eingebucht NEIN. Gabi sagte zu ihr: „Die wissen noch von nichts? Du weißt schon, was die immer für ein Fass aufmachen, wenn wir jemand rüber schicken ohne das vorher mit ihnen abzuklären!". Sie legte auf und schaute mich an. „Tja" meinte sie, „ich weiß auch nicht was da los ist. Sprich noch einmal mit der Ärztin darüber".

Mittlerweile waren auch schon wieder 2 Stunden vergangen. Ich fing die Ärztin auf dem Gang ab. „Ach Herr Viessmann", sagte sie verwundert. „noch nicht beim Anästhesiegespräch gewesen?" „Nein", sagte ich, „aber ich habe ein Problem!" Ich erklärte ihr wie es war. Hier fühlte ich mich nicht mehr willkommen und hatte wenig Vertrauen irgendwohin zu gehen, wo ich nicht erwartet werde. Dorthin, wo ich nur unter Zwang und mit Widerworten aufgenommen und behandelt werde. Ich machte ihr auch nochmal klar, dass es sich hierbei nicht um eine Fußmassage, sondern um eine Operation am offenen Herzen handelt, falls sie es vergessen hatte. Und darauf hatte ich sowieso keinen Bock! Und einen Riesen-Schiss davor, auch wenn ich versuchte das vor mir selbst zu verbergen. Das tolle Gefühl, welches ich anfangs bei der Aufnahme hatte, verkehrte sich nun ins absolute Gegenteil.

„Verstehe ich sehr gut", sagte sie, „aber so ist es nun entschieden. Im ‚Charité-Teil' arbeiten ebenfalls sehr gute Chirurgen." Das stellte ich ja auch überhaupt nicht infrage, ich hatte nur kein gutes Gefühl mehr bei der ganzen Aktion! Und das war mir in der Tat sehr wichtig. Ich wollte morgen früh nicht mit einem miesen Gefühl in Tiefschlaf versetzt werden. Das fühlte sich für mich falsch an! Ich bat sie, für mich einen neuen Termin zu vereinbaren. Ich würde dann jetzt lieber nach Hause gehen und einen zweiten Anlauf nehmen. Wo auch immer! Ich holte meine Tasche. Daraufhin meinte sie plötzlich, sie würde noch etwas versuchen, damit ich doch hierbleiben könnte. Ich sollte warten.

Es dauerte, aber irgendwann rief sie mich erneut ins Zimmer. Vorher ging dort eine recht große Frau rein und wartete nun auf mich. Frau Dr. Tetere, die Oberärztin der Station, wie ich dann erfuhr. Sie wollte mir erklären warum ich umgeplant wurde. Ich brach jedoch schon am Anfang ab und sagte ihr, dass ich ihr glaube, dass es dafür gute Gründe gäbe, das Wissen darum jedoch nichts an der Situation und meinem nun schlechten Gefühl ändern würde. Das verstand sie recht schnell und glaubte mir auch, dass ich meinte, was ich da sagte. Ich versuchte ihr ruhig und logisch klarzumachen, dass mein Gemütszustand bei einer solchen OP alles andere als unwichtig sei und ich dann lieber einen Neustart in ein paar Tagen bevorzugen würde. Es schien ja alles doch nicht soooo dringend zu sein wie erst behauptet. Sie stimmte mir zu und sagte: „Herr Viessmann, wir planen sie jetzt zurück und operieren sie morgen wie geplant hier bei uns". Also alles auf Anfang.

Na jetzt hätte ich schon gerne die Gründe gewusst und wie diese so schnell über den Haufen geworfen werden konnten. Aber eigentlich war es mir egal. Ich hatte wieder das gute Gefühl vom Vormittag.

Bei der anschließenden Herz Echo Untersuchung wurde dieses sogar noch verstärkt, denn meine Herzleistung hatte sich innerhalb der letzten Tage von 24% auf 35% verbessert. Das war jetzt noch nicht wirklich super und gesund, aber viel besser! Gewiss durch die Medis, die ich seit dem Aufenthalt im Krankenhaus Hedwigshöhe einnahm. Prima! Das letzte Gespräch mit der Anästhesieärztin brachte ich auch noch erfolgreich hinter mich und bezog danach mein Zimmer im Gästehaus auf dem Klinikgelände. Gabi zog sich zum Feierabend (ja es hatte quasi ihre komplette Schicht gedauert) schnell um und brachte mich hin. Ich bedankte mich bei ihr und drückte sie zum Abschied.

Niedliches kleines Zimmer. Ich war richtig froh, jetzt nicht in einem Vierbett-Zimmer auf den morgigen Tag warten zu müssen. Hier hatte ich meine Ruhe, einen Fernseher, konnte das Fenster öffnen und hatte, was für mich immer mit das Wichtigste war, ein eigenes Klo und Dusche. Jippie! Ich war kurz geneigt zu vergessen, warum ich eigentlich hier war. Gelang mir natürlich nicht wirklich. Okay, um 21:00 Uhr sollte ich nochmal auf Station anrufen, zu wann ich morgen direkt geplant bin. Gesagt getan.

Im folgenden Telefonat lernte ich einiges. Zum Beispiel, dass eine Einbestellung ins Krankenhaus mit OP-Termin nicht zwingend bedeutet, dass man einen verbindlichen Termin für seine OP bekommen hätte. Klar, es stand in der Einladung, dass der Termin aufgrund widriger Umstände verschoben werden könne. Dazu, so dachte ich zumindest ganz naiv, bräuchte man doch erst mal einen Termin. Hatte ich offensichtlich nicht! Auch habe ich gelernt, was ein Kontingent im Krankenhaus bedeutet und was es hieße, im Kontingent für eine OP zu sein. Auch das war nicht so! Ich war lediglich auf einer Warteliste. Hurra…nur hörte ich keine Wartemusik. Ich versuchte energisch zu vermeiden, wieder schlechte Laune zu bekommen. Klappte auch teilweise. Ich redete mir ein, dass die Aussage, ich solle mich ab 6 Uhr zur Verfügung halten, ein gutes Zeichen war. Etwas trinken durfte ich noch bis 6 Uhr früh, Essen war selbstverständlich verboten! Na jedenfalls ging ich früh zu Bett, die Nacht konnte in der Früh bereits vorbei sein. Bislang lief ja alles irgendwie. Nicht glatt, aber es lief.

Um 5:00 Uhr klingelte vorsichtshalber der Wecker.

Sehr lange unter der warmen Dusche stehend, bereitete ich mich mental auf die bevorstehende Öffnung des Dirks vor. Ich fühlte in mich hinein und ja, ich war bereit. Keine negativen Gedanken, keine Ängste. Nur Freude über die bevorstehende Genesung. Das Schöne an der deutschen Sprache ist, dass viele Worte genau das beschreiben, was sie bedeuten. Das Wort ‚Erfahrung‘ beispielsweise hat ausgeschrieben ganz klar die Bedeutung, dass es nicht ausreicht, wenn einem jemand etwas erklären oder von etwas überzeugen will. Man muss den Weg der Erkenntnis buchstäblich selbst bestreiten, oder ‚befahren‘! Bei der ‚Einstellung‘ gegenüber der Operation, an der ich seit Tagen arbeitete, verhält es sich so, dass ich sie ja bewusst ‚einstellen‘ kann. Nicht immer leicht, aber es funktioniert.

So verbrachte ich dann gut eingestellt den Vormittag. Mittags rief ich dann doch mal auf der Station an, denn ohne einen echten Plan, oder zumindest den Schlüssel zu Sauna und Schwimmbad ist solch ein Aufenthalt auch langweilig. Als Antwort erhielt ich dann so etwas Ähnliches wie: „Viessmann, Viessmann, … was soll denn bitte dieses Viessmann sein?" Ich behielt meine Contenance! Ich entgegnete: „Viessmann, männlich 52, Herzklappe und Bypass, Termin heute, ach nein…Kontingent…ähh, sorry…..doch nur Warteliste, gut geduscht und bereit!" Schweigen am anderen Ende. „Ach so… ach ja … ach na dann.", antwortete sie irgendwann, nachdem ich ein paar Schnalzlaute von mir gegeben hatte um zu zeigen, dass ich noch in der Leitung war. „Ja dann melden wir uns bis spätestens 14:00 Uhr bei Ihnen." Na prima. Ich wartete. Langsam wurde ich etwas rebellisch und trank einen Schluck aus meiner Wasserflasche, um den Hunger zu vertreiben. Ich wartete weiter. Natürlich rief ich dann in Ermangelung einer Rückmeldung von der Station dort kurz nach 14 Uhr nochmals an. „Viessmann „.. ach ja!" Ich solle mich weiterhin zur Verfügung halten, man meldet sich dann bei mir. „Braucht ihr nicht", sagte ich, „ich komm mal zu euch rüber." Gute Idee meinte sie, dann hätten sie mich schon mal da. Für den Fall der Fälle.

Ich schnappte also meine gepackte Tasche und ging auf die Station. Nicht, dass ich dort erwartet worden wäre. Ich stellte mich kurz vor und wartete. Ziemlich hektisches Hin- und Her-Gewusel. Meine Tasche sollte ich schon mal in einem der Großraum-patientenablagedepots deponieren. Na hier wollte ich bestimmt nicht bleiben. Ich setzte mich auf den Flur. So hatte ich zumindest die Gelegenheit, die Oberärztin abzufangen, wenn ich sie sähe. Tat ich nicht, also sie sehen. Ich schrieb schon den ganzen Tag mit Janina. Sie hat das psychisch bestimmt ebenfalls enorm mitgenommen.

Mittlerweile wartete ich hier nun auch schon über eine Stunde. Ich wollte nach Hause! Ich hatte tierischen Kohldampf und wollte in den Arm genommen werden. Endlich, um kurz nach vier kam die Oberärztin um die Ecke. Ich musste sie nicht mal abfangen, sie kam direkt auf mich zu. Wir kannten uns ja bereits vom Vortag. Sie stellte mir in Aussicht, dass es heute noch klappen könnte. Ach so, …könnte also, … na toll! Es ginge hier jedoch drunter und drüber am heutigen Tag…so wie fast jeden Tag, meinte sie. Es kommt gleich noch ein Notfall rein. Wenn der es lebendig hierherschaffen sollte, habe ich heute keine Chance mehr, falls nicht, bin ich dran. Die Chirurgen operieren wohl seit frühs nonstop durch. Ich wusste in diesem Moment gar nicht mehr, ob ich das überhaupt noch wollte. Mein mühsam errichtetes „Gute Laune und positive Energien"-Konstrukt bröckelte schon seit längerem, brach nun aber komplett in sich zusammen. Außerdem wünschte ich dem Notfall natürlich, dass er es lebend schafft.

Ich stellte aber auch fest, dass das ‚Nicht-Funktionieren' nicht daran liegt, weil die hier alle faul, langsam oder inkompetent wären. Nein, sie sind nur völlig überlastet! Das deckte sich auch mit den Aussagen der Schwestern und Ärzte, mit denen ich hier während der Wartezeit immer mal wieder kurz sprach. Seit Zusammenschluss von Virchow und Charité läuft hier wohl wenig glatt. Wenn es aber gerade passt, nehmen sich sowohl die Schwestern, als auch die Ärzte die Zeit für ein freundliches und erklärendes Gespräch. So dann auch wieder um halb 5 nachmittags. Heute wird das nichts mehr. Morgen bin ich dann aber fest in der zweiten Runde gebucht, …….was auch immer das heißen mag. Ich darf jetzt zum Glück zurück ins Gästehaus, sofern mein Zimmer noch verfügbar ist und endlich etwas essen. Hurra, … danke .. für eigentlich … GAR .. NICHTS!!!

Gabi klärte mit der Verwaltung mit Engelszungen, dass mein Zimmer weiterhin für mich zur

Verfügung stand. Danke liebe Gabi! In einem abendlichen Telefonat mit der Station erfuhr ich dann auch tatsächlich, dass ich um 13:30 Uhr gebucht bin. Na bitte, geht doch!

--- Im Übrigen meine ich, nebenbei bemerkt, wenn ich ‚Schwestern' sage auch Pfleger und bei ‚Ärzten' sind selbstverständlich auch Ärztinnen gemeint. Ich habe es nur nicht so mit dem „Rumschlawuchteln!" ---

Tag 2

Neuer Anlauf, gleicher Ablauf! Schon wieder gespoilert.

Im Unterschied zu gestern nahm ich heute schon am Vormittag meine Tasche und setzte mich auf die Station. Das würde meinem Anliegen, heute operiert zu werden, doch bestimmt mehr Nachdruck verleihen. Sollte man zumindest denken. Das Zimmer musste ich eh bis 11 Uhr räumen. Nun ja, der einzige Unterschied zu gestern war eigentlich nur, dass ich heute durch mein früheres Erscheinen hier auf der Station etwas mehr Austausch mit den Schwestern hatte. Auch das ein- oder andere Gespräch mit Frau Dr. Tetere ergab sich.

Es ging im OP wohl wieder drunter und drüber. Die Operateure arbeiteten teils schon die Nacht durch. Diese Aussage macht es für mich auch nicht gerade attraktiver. Später meinte die Ärztin dann zu mir, hätte ich gestern nicht so vehement darauf bestanden, hier im Virchow-Teil operiert zu werden, wäre ich eventuell bereits mit der OP durch.

Nun, dieser Gedanke kam mir natürlich auch bereits und er war logisch. Dem war jedoch mit Nichten so! Wie ich Minuten vorher während eines kurzen Besuchs bei Gabi erfuhr, gab es im Charité-Teil einen Totalausfall. Das hieß, in keinem der 4 OP-Säle dort konnte operiert werden und alle diese Operationen wurden auf die 8 OP-Säle hier aufgeteilt. Deswegen auch das schiere Chaos!

Diese Erkenntnis teilte ich Frau Dr. Oberärztin auch mit. „Ja, stimmt auch.", meinte sie dann. Netter Versuch Frau Doktor, netter Versuch.

Na egal, trotzdem sehr nette und anregende Gespräche, die ich dann irgendwann mit ihr führte. Nur jetzt noch nicht. Später! Unter anderem sagte sie etwas, das mir bis heute noch Kraft und Mut gibt. Und zwar ist ihr Vater ebenfalls Chirurg, jedoch Neurochirurg. In diese Richtung hätte sie ebenfalls gehen können, ja sogar sollen, entschied sich aber lieber fürs Herz. Dieses, so ihre Aussage, ist im Vergleich zum Gehirn so robust, dass man fast alles damit machen kann, es sich jedoch immer wieder erholen kann. Ein Muskel eben. Manche Aussagen brennen sich bei mir im Gehirn ein! Und ja, meist glaube ich eh nur die Sachen, die ich auch glauben will. Ich war schon immer eher Pippi Langstrumpf als Tom Sawyer. Ich mach mir meine Welt, wie sie mir gefällt! Basta!!

Diese Gespräche mit Frau Doktor fanden aber wie gesagt noch lange nicht statt. Ich wartete mal wieder ohne jede Information, wie es wohl weiter gehen könnte und ob mein 13:30 Uhr Termin gehalten wird.

<<<<<<<<<<<<<<<<<<<<<<<<<<<<<<<<<<<<<<<<

Ich muss im "Jetzt und Hier" mal kurz unterbrechen und meinen nächsten Saunagang machen. Die Sonne scheint so schön auf den frisch gefallenen Schnee im Saunagarten. Meine *heiße' Zeit ist im Moment immer dann gekommen, wenn alle anderen die Sauna nach dem Aufguss verlassen haben. Zum einen muss ich derzeit noch sehr aufpassen, meinen Kreislauf nicht zu sehr zu überfordern. Damit fällt ein heißer Aufguss leider aus! Zum anderen ist azyklisch saunieren auch sinnvoll, wenn man seine Beine ausstrecken möchte! Ich streckte mich in alle Richtungen und schnüffelte noch die restlichen Aufguss-Aromen weg.

>>

Frau Dr. Tetere. Ich war mittlerweile nicht der Einzige, der auf seine OP wartete. Die anderen, die hier mit mir zusammen warteten, wurden gleich auf den nächsten Tag vertröstet. Sie führte die Gespräche in meinem Beisein. Mit den Anderen. Nur noch nicht mit mir. Aber über mich wurde schon gesprochen. Ich wurde sozusagen als gutes/schlechtes Beispiel des schon seit gestern wartenden Patienten ins Feld geführt, um den anderen mehr Geduld zu entlocken. Ja, ich wurde also wahrgenommen. Trotzdem hörte ich nur zwischen den Zeilen die für mich wichtige Info heraus, dass ich es heute wohl noch auf den Tisch schaffen werde. Und Schwupps war sie mir, ein wichtiges Telefonat am Ohr, wieder entkommen.

Mann… Ich nahm zwischendurch immer wieder einen kräftigen Schluck aus meiner Wasserflasche, um den bereits schon wieder mächtig brummenden Hunger zu vertreiben. Natürlich war ich ja seit gestern Abend auch schon wieder komplett nüchtern geblieben. Irgendwann fragte ich dann sicherheitshalber doch mal eine der Schwestern, ob ich überhaupt etwas trinken dürfe. „Na ausnahmsweise ja, aber immer nur einen kleinen Schluck klares Wasser!" „Na klar," sagte ich mit einem Lächeln „genauso!" Ich komprimierte das einfach zeitsparend in großen Schlucken. Was hätte ich in diesem Moment für einen Drops, einen Kaugummi oder einfach nur einen trockenen Teebeutel gegeben.

Dann hätte der Mund nicht so nach Zunge geschmeckt!

Ich bat die Schwester so kurz nach 13 Uhr, sie möge der Ärztin doch bitte ausrichten, dass Herr Viessmann mittlerweile große Angst hat, seinen Flug zu verpassen, denn nach Plan sollte doch um 13:30 Uhr die Reise losgehen bei mir. Sie lachte. Ich nicht. Ich bat sie, das ganz genau so zu übermitteln. Boah, was hatte ich schon wieder schlechte Laune!

Jetzt kam sie dann endlich auch mal zu mir. Na fein, sie lächelte! Wird doch wohl bedeuten, dass es gleich los geht? Nope, ich bin jetzt an die zweite Stelle gerückt. ….???????????? Was zum …...??????? Ca. 15/16 Uhr soll es nun soweit sein. Sie ging schnell weg, bevor ich etwas dazu sagen konnte, kam aber glücklicherweise sofort wieder. Das mit der zweiten Stelle hatte ich ja gestern schon nicht verstanden. Außer, dass das ganz offensichtlich nichts mit dem ersten Platz zu tun hatte.

Sie erklärte mir diesen ganzen Quatsch. Ich glaube, sie verbrachte nun ihre komplette Pause bei mir, um zu zeigen, dass ich jetzt zumindest bei ihr an erster Stelle stehe. Sie nahm sich sehr viel Zeit. Sehr nettes und gutes Gespräch wie bereits erwähnt! Obwohl ich dafür ja eigentlich überhaupt nicht hier war. Trotzdem nett! Ich machte ihr klar, dass ich drauf und dran war mich hier zu verpissen. Sie bat noch um etwas Geduld, sie wollte das ja auch erledigt sehen. Nach dem Gespräch verließ sie mich abermals. Jedoch mit dem Versprechen, in einer Stunde wieder bei mir zu sein und mit dem OP-Dispatcher zu telefonieren. Ich verlangte dann aber eine verbindliche Aussage.

Sie kam wie versprochen. Sie telefonierte in meinem Beisein. Sie legte auf. Sie legte mir nahe, mich endlich verpissen zu können/dürfen/wollen/sollen. Also vorerst! Ich könne natürlich auch auf ein neuerliches Telefonat in ein/zwei Stunden hoffen, aber ich hatte ihr schon glaubhaft machen können, dass ich diese Option definitiv ausschließe. Mann, ich hatte richtig Knast und megaschlechte Laune. Da würde meine Wunde schon aus Trotz eitern! Das konnte sie absolut verstehen. Sie gab mir ihre Durchwahl und ich sollte sie einen Tag später wegen eines neuen Termins anrufen. Ich erklärte ihr zur Sicherheit noch einmal schnell, was ich unter einem Termin verstand und dass ich mir bei aller Freundlichkeit lieber ein anderes Haus suchen würde, als diese Tortur noch einmal durchzumachen.

Sie versprach einen TERMIN.

Ich nahm meine Klamotten, setzte mich in die U-Bahn und machte mich unverrichteter Dinge auf den Heimweg. Ich möchte an dieser Stelle noch einmal kurz darauf aufmerksam machen, dass ich herzkrank war. Nicht wegen der U-Bahn, nur das ganze Hin und Her war bestimmt nicht so geil fürs Herz, schätze ich zumindest mal so ganz laienhaft.

Kapitel 4

Zurück auf Anfang

Am nächsten Tag, bevor ich dort anrief, ging ich noch mal zu meinem Hausarzt Dr. Christoph Pils. Er meinte auch sofort, dass es einige andere sehr gute Häuser gäbe, wo ich diese Operation machen lassen könnte. Beispielsweise in Bernau, dorthin hätte er sogar sehr gute Verbindungen. Ich sagte, eine Chance bekommen die noch. Meine Goldene Regel: Drei Chancen bekommt jeder! Sollte das mit dem nächsten Termin dort nicht klappen, geh ich woanders hin. So hatte ich es der Oberärztin ja auch gesagt. Zu sagen was man macht (oder gerade auch NICHT macht) und dann zu machen was man sagt, macht das Leben um einiges einfacher. Christoph wünschte mir viel Erfolg und sagte, ich solle mich sonst einfach nochmal bei ihm melden. Hätte ich mal gleich drauf eingehen sollen! Na, im Nachhinein ist man ja immer schlauer.

Ich rief sie dann also am späten Vormittag wie verabredet an. Sie ging gleich ran. Sie präsentierte mir einen festen Termin schon am kommenden Montag, gleich als erster in der Frühe. Jawoll! Leider klingelten meine Alarmglocken in diesem

Moment nicht. War ich doch einfach nur froh und ein wenig begeistert, DAS nun doch zeitnah hinter mich bringen zu können. Warum Alarmglocken? Nun, eine gute Freundin, selbst in der Intensiv-Pflege tätig, meinte irgendwann mal beiläufig, aber anscheinend vollen Ernstes: „Bloß nie eine Montag Früh Operation!" Klingelte nicht bei mir. Schade!

Aber hey, ich sitze hier und schreibe!!

Von nun an funktionierte alles wie am Schnürchen. Also zeitlich. Zwei Tage später, am Sonntag, rein ins Gästehaus, diesmal sogar ein größeres Zimmer, fast ruhige Nacht und am nächsten Morgen um 5:30 Uhr an der Rezeption abgeholt.

Und zwar von einer mittzwanziger absoluten Hackfresse, welche mich vollpöbelte, was das alles für eine Scheiße sei, warum er hier rüber müsse mich abholen, und sowieso alles Kacke. Was für ein kleiner Pisser! Null Empathie! Ja noch nicht einmal Grundlagen der guten Erziehung. Ich bemühte mich sehr, mich damit nicht zu beschäftigen und ihm beim Hinterher-Trotten nicht ins Kreuz zu treten oder ihm die Achillesferse durchzubeißen. Pisser! Auf der Station angekommen durfte ich mich in einem Patientenzimmer nackig machen und einen dieser schicken Kittel überziehen, meine Sachen verstauen und warten. Ich war ganz ruhig.

Kapitel 5

...los geht's!

Um 6:20 ging es los, ich wurde abgeholt. Ich schrieb Janina noch schnell ein vorerst letztes Lebenszeichen und ergab mich meinem Schicksal. Ich wurde Gänge entlang geschoben und landete irgendwann an einer Tür. Vorerst Endstation! Seit gestern wurde anscheinend ein neues Prozedere an den OP-Schleusen etabliert. Funktionierte noch nicht so richtig. Wir standen vor der Schleuse. Der Pfleger, übrigens glücklicherweise ein anderer und auch netterer, entschied recht schnell, es woanders zu versuchen. Er schob mich eine Ecke weiter und telefonierte. Man gewährte uns Einlass. Kurzes Warten, dann ging es ein Stück weiter zur Anästhesie. Ich war noch immer ganz ruhig. Ich wurde dem Narkosearzt übergeben. Auch nett. Alle hier nett jetzt. Hier wird anscheinend verstanden, dass ich eigentlich keinen Bock habe. Er erklärte mir, was mich in den kommenden Minuten erwartet. Ich solle mir einen schönen Gedanken zum Einschlafen suchen. Hatte ich! Auf dem Dorschkutter ‚Sundewind' die Angel in der Hand, den Wind und die Sonne im Gesicht und schön auf Dorsch pilkern. Das hatten wir im Übrigen lange nicht mehr gemacht, da man eh keinen gefangenen Fisch mehr mitnehmen darf. Also fast keinen…dafür ist die Ausfahrt auf dem Kutter dann einfach zu teuer! Ich fragte den Anästhesisten vor dem Wegschlummern noch schnell, warum hier eigentlich Winnie Puuh, Tigger und I-Aah an die Wand gemalt sind und teilte ihm meine Hoffnung mit, dass bei mir nicht auch der Schwanz abfällt. Ja, Humor war gut in diesem Moment. Sah er auch so. Er klärte mich auf. Ich wurde in letzter Minute noch einmal innerhalb des Hauses umgeplant. Dies war der Kinder OP-Saal. Ahhsooo! Nun hoffte ich, dass die hier auch alle notwendigen Instrumente und das richtige Besteck in der passenden Größe verfügbar hätten und der Pförtner nicht anwesend sei. Er bestätigte mir dies. Na läuft ja wie am Schnürchen, dachte ich noch so, bekam das Schnüffelstück über die Nase gehalten und träumte mich schnell noch auf den Kutter. Kurz war es echt unangenehm… Dann war da nix! Ich ging leider nicht angeln!

………………………………………….....

……

…………………………….

…

……………………………………………………………

………….

……..…

…………………..

..

…………………..

……………

…………………………………………………………

….

…..blau…………………………………..

…….blaugrün……………

……grünblau?………………………

…………………………………………………………..

……...

……hell…………………………………………

…………………

…….mmhh…………………..…….nix!………

…

………………………………………

…

…………………………………………………………

…………

………...

..

……………………………………………………..

Kapitel 6

Wer hat an der Uhr gedreht…

..

………………..

„Haaaaaaaaaaahhhhh……mmmmmmmmmmmm-hhhhhhhh………..aaaaaaahhhhhh …… mmmmm-hhh…… hallo?" …………… *„Haaaaaalloooo?"*… *„Hört ihr mich nicht?"*

„Ganz ruhig." „Er scheint wach geworden zu sein." „Hallo Herr Viessmann, ganz ruhig atmen. Sie sind im Krankenhaus. Sie wurden operiert. Drücken Sie meine Hand, wenn Sie mich verstehen." „Reagiert er?" „Hallo Herr Viessmann. Drücken Sie meine Hand, wenn Sie können. Sie sind im Krankenhaus. Die OP ist gut verlaufen." „Er hat noch keine Motorik, reagiert noch nicht." *„Haaalloooo, ja, ich bin da. Zieht mir bitte den Schlauch aus dem Hals."* „Herr Viessmann, ich kann Sie noch nicht verstehen. Sie sind noch intubiert. Sie haben noch einen Schlauch zum Atmen im Hals." *„Raus bitte, zieht den bitte raus!"* „Sie können noch nicht reden, Sie haben noch den Beatmungsschlauch*!" „Raus! Raus, raus, raus damit bitte. Bitte! Ich bekomme wenig Luft…bitte rausziehen!"* „Er fängt an zu Husten". „Frau Doktor, sollen wir ziehen? Er signalisiert, dass er den

Schlauch loswerden will. Er hustet stark!" Jetzt sehe ich auch die Ärztin. Verschwommen, aber ich sehe sie. Recht jung, mit Brille. „Absaugen bitte!", sagt sie. Der Pfleger steckte mir einen weiteren Schlauch in den Hals und versuchte, Sekret aus den Bronchien abzusaugen. Ekelhaft! Widerlich! Ich bekomme keine Luft. Hört auf!! *„Ahhhhhhhhhhgghhh… Hört auf verdammt nochmal! Ich krieg keine Luft…aahhhhhghh..!"* „Wir können Sie nicht verstehen. Sie haben noch den Schlauch im Hals. Es wird gleich besser." Sie zogen den Absaugeschlauch wieder raus. Es wurde leicht besser, ich bekam wieder etwas Luft, aber sehr schwer. „Er bekommt wieder Luft." „Gut, hat er schon Motorik?" „Herr Viessmann, drücken Sie meine Hand!" *„Zieht mir bitte endlich den Schlauch raus! Ich bekomme kaum Luft."* „Er fängt schon wieder an zu verkrampfen. Frau Doktor, ziehen?" „Nochmal absaugen bitte. Hat er reagiert?" „Herr Viessmann, ich saug noch einmal das Sekret ab, dann wird es wieder besser." *„Hört auf damit! Bitte!! Ich bekomme keine Luft mehr… Hilfe…..keine Luft…….Bitte. Schlauch raus!!!!"* „Herr Viessmann, bleiben Sie ruhig!" *„Hilfe……bitte……..bitte, bitte!!!!!"* „Bleiben sie ruhig, wir können sie nicht verstehen." „Er verkrampft total, dort ist kein Sekret." *„Bitte!! Hilfeeeeeee… Ich will nicht sterben".* Keine Kraft mehr zu reden, zu hauchen. Leer, ich bin komplett leer. Das war's! Die machen nix. „Frau Doktor, er krampft und bäumt sich auf." *„Bitteeeeeeee………".* Das war's, ich sterbe jetzt. Ich sterbe … jetzt! Die guckt mich an und ich sterbe. So ist sterben. Keine Chance mehr. Es tut weh. Ich hab Angst.

<<<<<<<<<<

Selbst die Erinnerung jetzt beim Schreiben ist grausam und treibt mir Angst ins Gehirn und Tränen ins Gesicht. (Auch jetzt gerade wieder beim Nachlesen!!) Auch, wenn die Angst glücklicherweise etwas verblasst ist mit der Zeit, die Erinnerung ist es nicht. Jeder Moment ist noch da!

So ist also Sterben. Ich bekomme schon kaum noch was mit um mich herum. Irgendwie hektisch außerhalb. Laut um mich herum. In mir drinnen eher ruhig, traurig, ängstlich. Keine Luft, keine Kraft mehr. Das war's! Ein letztes Krampfen, ein letztes Aufbäumen. *„Bitttteeeee!!!"* Kein Licht. Nix. Kein Tunnel. Nix. Nur der Gedanke, dass ich jetzt gerade sterbe. Hilflos, ich kann nichts mehr machen. Keine Hoffnung mehr... Ich weine in mich hinein......Ende.

......

..

......

Sie ziehen mir den Schlauch raus. Das merke ich wieder. Das ist komisch und tut weh. Irgendwie schön! Ich nehme einen Atemzug... den tiefsten Atemzug in meinem ganzen Leben. Ich höre diesen tiefen und wahnsinnig lauten Atemzug. Ich lebe! Ich hauche ein „*DANKEEEEHHH.......*" und schlafe ein. (Mir laufen gerade wieder die Tränen).

Atmen ist toll!

Das war alles extrem anstrengend. Man darf auch nicht vergessen, dass ich bis Oberkante mit Schmerzmitteln, Betäubungsmitteln und wer weiß was sonst noch abgefüllt war. Daher weiß ich nicht, ob ich tatsächlich eingeschlafen bin oder ohnmächtig wurde. Auf jeden Fall ist das nächste, woran ich mich erinnern konnte, dass der Pfleger wieder, oder auch immer noch, an meinem Bett stand. „Hallo Herr Viessmann, mein Name ist Daniel. Ich bin Ihr Pfleger." Ja, ich weiß. Du hast mein Leben gerettet! „Ja", sagte ich. Das Sprechen fiel mir noch sehr schwer. Ich hatte auch eine Sauerstoffmaske über Mund und Nase. Aber eigentlich hatte ich einfach keine Kraft zu reden. „Danke!" sagte ich noch. Dann war ich wieder weg. Das passierte jetzt ein paarmal so. Manchmal stand er alleine am Bett, manchmal mit der Ärztin. „Herr Viessmann, Sie hatten Spasmen in der Lunge. Spasmen. Verstehen Sie mich?" „Ja!" „Außerdem hatten Sie einen Pneumothorax. Wir haben eine weitere Cook-Drainage gelegt." „Danke, ja." Eine was? ...wofür? Ich fragte nicht nach, war mir viel zu anstrengend. „Sie haben auch Fieber, 39,2°C." Ist doch prima, dachte ich. Dann kämpft mein Körper. Fieber ist für mich immer ein gutes Zeichen, wenn es nicht zu hoch ist. Da machte ich mir keine Gedanken.

Genauso wie vor einigen Jahren bei meiner Mutter, als sie nach einem geplatzten Aneurysma im Gehirn im UKB auf der ITS im Koma lag. Die Ärzte verzweifelten fast, da sie die Temperatur nicht runter bekamen. Ich sagte ihnen, sie sollen sich entspannen. Der Körper tut nur das Seinige zur Heilung dazu. Sie gaben ihr kaum Überlebenschancen. Ich war davon überzeugt, dass sie wieder gesund werden würde. Glücklicherweise behielt ich Recht.

Irgendwann reichte mir eine Schwester das Telefon. „Ihre Frau am Apparat, wollen sie telefonieren?" „Ja, klar!", sagte ich. Konnte ich nur nicht wirklich, strengte mich tierisch an. Das bekam Janina natürlich auch mit und hielt das Gespräch kurz. Ihr hatte man gesagt, dass da etwas schiefgelaufen ist und die Werte nach der OP noch sehr schlecht sind. Selbstverständlich merkte sie das auch an meiner Stimme. Vom Ersticken hatten sie ihr nichts erzählt. Oh Gott, das Ersticken…jetzt erinnerte ich mich wieder. Ich bekam wieder Angst und Panik. Die Pfleger gaben mir nach dem Telefonat etwas zur Beruhigung. Es half und ich orientierte mich so langsam im Raum. Vier Betten, nicht dass ich diese sehen konnte, aber an den Geräten und Deckenanbauten erkannte ich, dass alles in vierfacher Ausführung da war. Man hörte fast nichts. Außer hin und wieder den Typen gegenüber, wenn er sich lautstark beschwerte, dass man ihn gegen seinen Willen hier festhielt und er nach Hause wollte. Sonst so gut wie nix. Doch, das

Piepsen der Überwachungsmonitore. So langsam nahm ich immer mehr um mich herum wahr. Jedoch keine Hektik, ja eigentlich noch nicht mal irgendeine Bewegung um mich herum. Die Pfleger und Schwestern standen immer direkt an meinem Bett. Ohne sich für mich erkennbar dahin auf den Weg gemacht zu haben. Flüsterschuhe! Oder besser ‚Flüster-Sohlen'! Ich fragte Daniel, welche besondere superfantastische Art von Schuhen sie hier tragen, damit sie so über den Boden schweben können. Ich bin mir heute sicher, diese Frage hatte ihm noch niemand gestellt. Es war ja auch noch niemand mit meinem Gehirn hier! „Na Sportschuhe, normale Sportschuhe.", sagte er. „Wow, tolle Flüsterdinger!", entgegnete ich. Er hatte keine Ahnung, wovon ich sprach. Mein Gehirn eben! Ich dachte wieder ans Ersticken. Schrecklich!! Was für eine Erfahrung. Braucht man nicht! Keiner! Nicht mal der ärgste Feind. Wirklich nicht. Mich kroch die Angst wieder an. Ich konnte meine Augen nicht mehr schließen. Also konnte schon, aber traute mich nicht mehr. Immer, wenn ich sie schloss, wurde es schwarz. Nicht nur dunkel…SCHWARZ! Schwarz und eng. Wie lebendig begraben, oder in einer ultra-engen Höhle oder Kiste. Ich sah schwarze Vögel. Immer, wenn ich die Augen schloss, waren diese schwarzen Vögel da. Diese bedrückende Schwärze und diese Vögel, welche zu mir schauten. Ich war so entkräftet, dass die Augen immer von alleine zufielen. Der Tod beobachtete mich. Gar nicht schön!!! Beim Versuch, die Augen offen zu halten, starrte ich an die Decke. Es bot sich meinen Augen auch sonst keine Abwechslung. Die Anbauten an der Decke, Lüftungskisten, Schlitze, Rohre, Deckenplatten und was weiß ich sonst noch, bewegten sich in einer Tour. Tanzten vor meinen Augen hin und her. Es dauerte eine Weile bis ich verstand, dass das nicht wirklich geschah, sondern mit Sicherheit an meinen Beruhigungsmitteln lag. In etwa so, als wenn man richtig besoffen im Bett liegt und sich alles im Raum um einen herumdreht. Nur ohne das schlechte Gefühl dabei. Ich nahm dieses Schauspiel als willkommene Ablenkung, die Augen nicht zu schließen. Dazu gesellten sich immer wieder die Pieptöne meines Monitors, oder die der anderen. Da diese Töne mehr oder weniger ignoriert wurden, machte ich mir darüber keine weiteren Gedanken. Ich versuchte vielmehr, die Flugbahnen der Dinge an der Decke vorherzusagen, um mich zu beschäftigen. Auf lange Sicht lullerte mich das aber ein und ich knickte immer wieder kurz weg. Jedes Mal war ich wieder in dieser bedrückenden schwarzen Enge gefangen, umgeben von schwarzen Vögeln.

<<<<<<<<<<<<<<<<<<<<<<<<<<<<<<<<<<<<<

So…ich muss jetzt kurz aus der Situation raus…muss eine Schreibpause machen. Diese Erinnerungen nehmen mich immer noch wahnsinnig mit.

…………komme im Hier und Jetzt gerade wieder aus der Sauna und könnte mich kugeln vor

Lachen. Generell mag ich es, wenn in der Saune leise getuschelt wird und sich nicht alle krampfhaft anschweigen wie im Fahrstuhl. Es muss selbstverständlich nicht zwingend eine ausführliche Geschichte vom neuen Furunkel oder der Schuppenflechte an der Arschbacke sein, aber ansonsten finde ich das entspannend. Jetzt eben war da ein älterer Herr mit einer Stimme wie der Pate. Mehr ein Raunen, als gesprochene Worte. Ich weiß nicht, ob Marlon Brando, Al Pacino oder Robert De Niro jemals wirklich so gesprochen haben, bzw. synchronisiert wurden, oder ob das nur aus irgendeiner Radio-Show aus den späten 90ern war, aber es war echt erfrischend, die Geschichte von Glatteis und seiner Frau so erzählt zu bekommen. Beziehungsweise, warum er letzte Woche nicht das Haus verlassen durfte. Wenn man sich übrigens fragt, warum ich so oft hier im Wildorado bin…es macht im Winter einfach mehr Sinn, hier nackend durch den Garten zu laufen, als zuhause! ☺ und das ist eben mein Ding!

>>>

„Herr Viessmann, wir müssen bei Ihnen jetzt noch eine Herzkatheter-Untersuchung machen. Ihre Herz-Werte sind noch nicht gut. Das sollte nach der Operation weitaus besser sein." „Ja, danke", so fühle ich mich auch! „Sie müssen unterschreiben, dass Sie damit einverstanden sind!" „Ja, bin ich!" Sie schoben mich auf die entsprechende Station und ich blieb zumindest wach. Der Blick aus dem Fenster verriet, dass es entweder immer noch oder schon wieder dunkel geworden war.

Dort im Untersuchungsraum empfing mich ein Arzt mit anscheinend arabischen oder auch türkischen Wurzeln und sprach mir in recht gutem Deutsch Mut zu. Ruhiges und gediegenes Ambiente. Der Situation gut angepasst. Ich fühlte mich dort gut aufgehoben. Die Namen der meisten Ärzte konnte ich mir leider nicht merken, es waren einfach zu viele. Ich wurde für die Untersuchung vorbereitet, das heißt, mindestens ein weiterer Zugang wurde gelegt. Ich kam mir langsam vor wie Hellraiser am ganzen Körper. Dann kam der Professor und begann mit der Untersuchung. „Ihr Bypass ist ja leider nicht so gut geworden Herr Viessmann." Hää? „Wie nicht gut?", wollte ich wissen. „Hat man Ihnen das noch nicht gesagt?", wollte er wissen. „Nein, nix … nur dass meine Werte nicht gut seien!" „Naja, dann schauen wir mal, woran das liegen könnte." Ich war immer noch wahnsinnig geschwächt und nun auch wieder ängstlich und verstört. Ich versuchte mich trotzdem zu entspannen, denn mit einem Draht von der Leiste bis ins Herz wollte ich mal nicht so rumzappeln. „Sieht nicht schlecht aus.", sagte er. „Keine Gefahr in Verzug!" DAS merkte ich mir. Warum die Werte so schlecht sind, konnte er nicht erkennen. „Ist aber manchmal so nach der OP, kann sich wieder normalisieren.", meinte er. „So Herr Viessmann, die Untersuchung ist beendet. Wir machen erstmal nichts, der

Operateur soll entscheiden, wie es weiter geht." Ich fragte nach einem Stent für das Gefäß, welches ursprünglich vom Bypass versorgt werden sollte und ob man das nicht sinnvollerweise jetzt gleich machen könne. Er wiederholte: „Keine Gefahr in Verzug. Der Operateur soll entscheiden!", wünschte mir alles Gute und verließ den Saal. „Herr Viessmann", kam der erste, dunkelhaarige Arzt wieder in den Raum, „machen Sie sich keine Sorgen! Ich habe alles mit angeschaut. Das native Gefäß ist gut durchblutet!", sagte er im ruhigen Ton. „Wir bringen Sie jetzt zurück auf Station. Alles Gute für Sie!" Ich dankte ihm und wurde zurück auf die Intensivstation geschoben.

Kapitel 7

Nach der OP ist vor der OP?

19. September

Hier lag ich also, mit dem Gedanken, dass der Bypass „NICHT SO GUT" geworden ist. Ich könnte heulen. Ich knackte immer wieder kurz weg. Das wollte ich nicht (Vögel!), versuchte mich also weiterhin krampfhaft wach zu halten. Mittlerweile hatte das Pflegepersonal gewechselt. Es war anscheinend Morgen geworden. Ich durfte endlich etwas trinken. Ich schrieb kurz mit Janina, nachdem sie mir mein geladenes Handy ans Bett gegeben hatten und ich eine kurze Nachricht in meinen Status geschrieben hatte. „Ich bin noch da…aber fragt nicht nach Sonnenschein!", teilte ich all denen mit, die wussten, was da gerade bei mir los war. Nur um ein Lebenszeichen von mir zu geben. Ja, ich hatte überlebt. Nein, ich hatte es noch nicht überstanden. Ich versuchte weiterhin nicht einzuschlafen. Die Vögel ließen mich noch immer nicht aus den Augen. Nach einer Weile wurde eine Herz Echo Untersuchung am Bett gemacht und ich erfuhr, wie schlecht es mir eigentlich ging. Meine Herzfunktion lag nur noch bei 15-20% bestätigte mir die Ärztin mit ernster Miene. Ich war am

Boden zerstört. Wie konnte das sein? Warum habe ich die OP denn überhaupt über mich ergehen lassen, wenn es jetzt noch viel schlechter ist als vorher?! „In einigen Fällen ist es so, dass das Herz nach der OP schwach ist und sich erst an die neue Klappe gewöhnen muss.", beruhigte sie mich. Wie ich erst danach bei der Visite erfuhr, war das ja schon eine Steigerung zum Status direkt nach der OP. Dort war der Wert wohl bei 10-15%. Der Arzt eröffnete mir dort dann auch, dass mein Herz nicht mehr selbstständig schlägt. „Was...................?" ich war den Tränen nahe. „Ihr Herz hat keinen eigenständigen Sinus-Rhythmus mehr Herr Viessmann. Sie hängen an einem externen Herzschrittmacher, welcher Ihr Überleben sichert." Was ist denn da alles verfickt nochmal so beschissen falsch gelaufen verflucht und zugeschissen nochmal ihr blöden bekackten Scheiß-Wichser??? Ich explodierte innerlich. Direkt nach der Operation hatte es wohl noch kurz eigenständig geschlagen. Dann hatte es seinen Dienst versagt.

Weswegen hatte ich mich denn überhaupt auf diese Tortur eingelassen? Doch nicht, um danach körperlich ein Wrack zu sein…dem Tod näher als je zuvor!

Und er griff nach mir. Diese schwarzen Vögel, die mich immer noch beobachteten, sobald ich die müden Augen für kurze Zeit schloss. Irgendwie konturenlos, aber trotzdem klar zu erkennen schienen sie auf mich zu warten. Ich hatte Angst. „Herr

Viessmann, es ist aufgrund Ihres Zustands dringend notwendig, Sie sofort noch einmal zu operieren. Wir müssen den Bypass öffnen, dann wird sich Ihr Zustand bessern." Das war wie ein Stromschlag für mich. „Sie wollen bitte was?", sprudelte es sofort aus mir heraus. „Was…? Nein!" Sie erklärten mir lang und breit, dass es zwingend notwendig wäre, mich noch einmal komplett zu öffnen und den Durchfluss wieder herzustellen. Die Werte würden sich dann bessern. Ansonsten könnten sie mir keine Garantie geben und es läge die Vermutung nahe, dass ich nicht überleben werde. Ich musste erstmal ausgiebig heulen. Sie drängten auf eine zügige Entscheidung. Na klar, danke doch. Nachdem ich den Schock überwunden und mich wieder beruhigt hatte, setzte mein Gehirn wieder ein. Ich sagte dem Arzt, dass er sicherlich Recht hätte, ich jedoch ausschloss, dass er mir überhaupt irgendeine Garantie geben könne. Mit den verschiedenen Äußerungen der Ärzte aus den letzten Stunden im Kopf stellte ich auch infrage, dass der verkackte Bypass zwingend für meinen schlechten Zustand verantwortlich sein muss.

Professor: keine Gefahr in Verzug, kann sich von selbst stabilisieren

Ärztin beim Echo: nicht unüblich, dass nach der OP wenig Leistung

„Der Durchfluss ist rein rechnerisch bei einem 90%igen Verschluss des Bypasses immer noch 10% besser, als vorher!" führte ich an. „Außerdem bestätigten mir der

Professor, sowie der Arzt bei der Katheter-Untersuchung, dass das ‚zu versorgende Gefäß' trotzdem gut versorgt ist."

Der Arzt merkte, dass er auch bei den weiteren Versuchen, von mir eine Zustimmung zu erhalten, auf Granit biss. „KEINE GEFAHR IM VERZUG!" Diese Worte des Professors wiederholte ich nur zu bereitwillig! „Keine Gefahr im Verzug!" Der Arzt scheiterte jedoch schlicht und einfach an meiner Angst, noch einmal diesen Erstickungs-Tod zu durchleben. Außerdem war ich mir sicher, diesen Eingriff in meinem jetzigen Zustand generell nicht zu überleben. „Herr Viessmann, sie entscheiden sich damit gegen das Leben!"

Das hatte gesessen!!

Er ging. Die Ansammlung von Visite-Ärzten ging ebenfalls. Ich lag da und grübelte mit Tränen im Gesicht. Wie ich später mitbekam, wurde Janina telefonisch ebenfalls schon von den Ärzten bearbeitet, mich zu einer Revisions-OP zu bewegen. Mir war selbstverständlich klar, dass sich das fachliche Wissen zu 100% auf Seiten der Ärzte befand. Trotzdem machte die Argumentation in meinen Augen keinen Sinn. Und ich war schwach! Und ich hatte Schiss!! Ich hätte sofort einer erneuten Katheter-Untersuchung zugestimmt. Das hab ich auch jederzeit so kommuniziert. So hätte das Problem ‚Bypass' auch mittels eines Stents gelöst werden können...wenn auch nur mittelfristig. Keine Gefahr im Verzug!!!

Bis zum Abend lag ich mit meinen Gedanken schwanger sozusagen wie im eigenen Saft. Glücklicherweise rastete der Typ im Bett gegenüber mal wieder aus und rief mit seinem Handy die Feuerwehr und die Polizei. So lief ich nicht Gefahr einzuschlafen. Gute Ablenkung. Diese arme Sau. Hat wohl, wenn ich es richtig mitbekommen habe, ein künstliches Herz bekommen und fällt ständig ins Delir. Heftig! Für ihn, aber auch für seine Umwelt. Die Ärzte, Pfleger und Schwestern werden von ihm aufs übelste beleidigt. Das krasse ist, die bleiben total entspannt, bemüht, nett bzw. liebevoll. Das sollte schon so sein, ist aber sicherlich nicht leicht, auch wenn man weiß, dass er ja bestimmt eigentlich gar keine so böse Person sein will. Das verdient meine Hochachtung und meinen größten Respekt! Die Polizei kam tatsächlich. Zumindest sah das für mich so aus und hörte sich so an. Viel konnte ich ja nicht sehen. Sie machten ihm noch einmal klar, wo er sei und warum. Er beruhigte sich erstmal.

Ich bekam auch noch einmal Besuch. Ein weiterer Arzt teilte seine Meinung mit mir. Wie gesagt, zu viele Ärzte, um sich die Namen zu merken. Dieser hier gefiel mir sehr gut, denn er machte mir Mut. Er meinte, dass mein Zustand nicht an den koronaren Gefäßen liegen könne. Selbst wenn diese unterversorgt seien, hätte ich andere Symptome. Er stellte auch den Schrittmacher runter und siehe da, mein Herz hatte einen eigenen Rhythmus. Ich müsse meinem Herzen nur genügend Zeit geben, dann wird das wieder. Zudem setzte er auf mein Bitten ein Medikament wieder an, welches mir in den letzten Wochen vor der OP gut geholfen hatte. Geiler Typ. Geiler Arzt! Außer beim Doktor Wüstensohn im Katheter-Raum war dieser hier der erste, bei dem ich das Gefühl hatte, dass er wirklich auf meiner Seite steht. Die Schwester kannte ihn leider nur beim Vornamen. Also Dr. Christian. Eventuell auch Dr. Christian Kurz, aber da bin ich mir bis heute nicht ganz sicher.

Vorgestellt haben sie sich alle. Aber alle gleich! „Guten Tag, mein Name ist Dr. *Sowieso*, ich bin einer der Ärzte hier." ‚Einer der Ärzte, einer der Ärzte! Ich musste dabei immer an den Film „I, Robot" denken!

‚Einer von uns, ...einer von uns!'

Deswegen konnte ich mir wahrscheinlich die Namen nicht merken. ‚EINER VON UNS'. Er war ein Anästhesie-Arzt. Das konnte ich mir merken. Danke Doktor Christian für das gute Gefühl! Ich teilte dies sofort per Handy mit Janina und sie war sehr glücklich darüber, dass ich nun wieder Mut gefasst hatte. Morgen wollte sie mit Leila zu Besuch kommen. Ich fragte Schwester Vanessa, so der Name meiner derzeitigen Pflegerin, ob das so okay wäre mit Leila. Wegen des Alters. Wohl schon, wenn sie nicht so viel zu den anderen Betten drum herumschaut! Ich war wieder richtig gut drauf. Immer noch stark geschwächt, aber guten Mutes. Danke Christian! Vanessa meinte, ich könne mir ruhig mal etwas anziehen, da ich tatsächlich noch immer nackt im Bett lag. Lediglich das schicke Klinik-Hemd hatte ich zusammengeknüllt als Feigenblatt im Schoß liegen. Zwar hatte ich fast kein Fieber mehr, trotzdem war mir richtig heiß. „Tarzan, … du liegst da wie Tarzan", meinte sie immer wieder. Schon hatte ich meinen Spitznamen bei ihr weg. "Ich fühl mich aber eher wie Mowgli", entgegnete ich ihr. Dass ich knapp 3 Wochen später mit 10 Kilo weniger auch wie Mowgli aussehen würde, hatte ich da noch nicht vermutet. Zum damaligen Zeitpunkt war ich durch die Flüssigkeitszufuhr über den Tropf leicht aufgedunsen und hatte endlich mal korrekt männliche Beine. Nicht solch Storchenbeine, wie ich normalerweise habe! „Du kannst doch nicht den ganzen Tag hier rumliegen mit nichts an außer deiner Haut", schüttelte sie den Kopf. Nun, da kannte sie mich aber schlecht! Ich fühlte mich das erste Mal seit 2 Tagen richtig wohl. Ich war guter Dinge, hatte nette Gesellschaft und bekam auf Nachfrage alle Drogen, die ich so brauchte. Was für ein Trip! Zum späteren Abend besuchte mich dann noch eine weitere Ärztin ca. mittleren Alters und versuchte mit aller Macht, mein gutes Gefühl zu zerstören. Wie ein Elefant im Porzellan-Laden raste sie mit ihren geschätzt 1,60 m durch mein gedankliches Konstrukt von Hoffnung und positiver Energie. Die Re-OP als einzig adäquates Mittel zur Rettung meines Lebens. Ich entgegnete ihr dasselbe wie dem anderen Arzt. Als Antwort bekam ich von ihr: „Na also ‚GUT' kann man den Blutfluss in Ihren Herzkranzgefäßen jetzt nun wirklich nicht nennen, Herr Viessmann!" Was für eine Kuh! Dass ich das dachte, teilte ich ihr mit meinen Augen und einem kurzen Aufwärts-Nicken mit. Sie wackelte davon. Ich wusste damals nicht genau, was ich davon halten sollte. Hatte aber ein komisches Gefühl ihr und den meisten Ärzten hier gegenüber.

Aber jetzt mal kurz gespoilert...

Als ich mir Wochen danach die Befunde zu allen Untersuchungen durchgelesen hatte, konnte ich aus der Katheter-Untersuchung, welche zum damaligen Zeitpunkt ja gerade stattgefunden hatte, zum Blutfluss folgendes lesen:

> 1. RIVA (das betreffende Gefäß) hatte eine Stenose von 25-50% (nicht wie ursprünglich angenommen 75-90%),
> 2. der Durchfluss wurde als ‚TIMI III Fluss' klassifiziert. (TIMI III bedeutet guter bis sehr guter Durchfluss!)

Diese Informationen standen zwar mir zu diesem Zeitpunkt noch nicht zur Verfügung, jedoch allen Ärzten, die sich die Mühe gemacht haben/hätten, diese in Form des Untersuchungsprotokolls einzusehen. Sie mussten natürlich auch Willens sein, dies zu tun! Dr. Christian war es wohl. Die zickigen 1,60m anscheinend nicht! Jedenfalls ließ ich mir mein gutes Gefühl von dieser Kuh-Ärztin nicht nehmen. Zumindest noch nicht.

Die Nacht verlief recht ereignislos. Mein „Bettnachbar" gegenüber verhinderte, dass sich die schwarzen Vögel zu lange von meiner Angst nähren konnten. So langsam verblassten sie auch Stück für Stück. Na Gott sein Dank! Nachts war wieder Daniel (übrigens englisch ausgesprochen, wie Daniel Boone) für mich zuständig und ich muss sagen, er war der beste Dealer, den ich je hatte! So ließ ich mich in regelmäßigen Abständen von ihm betäuben und konnte trotz des Radaus gegenüber ab und zu kurz schlafen.

Kapitel 8

Böser Patient!

20. September

Ein neuer Tag erwachte. Schon wieder wollte man mich waschen. Ich machte dem Frühdienst, schon wieder Vanessa, klar, dass ich es vorziehen würde, dies selbstständig erledigen zu dürfen, denn darauf hatte ich genauso wenig Bock, wie auf den Schieber zu kacken. „Aber Tarzan ..äh `tschuldige Mowgli, das ist doch unsere Arbeit. Muss dir doch nicht unangenehm sein. Das machen wir jeden Tag!" „Schön für euch, …! Ich nicht!" grinste ich. „Aber irgendwann musst du ja doch" meinte sie. Na mal abwarten!

Einige Zeit darauf war Visite. Die erste, die ich als Solche tatsächlich voll und ganz mitbekam. Wobei „mitbekommen" leicht übertrieben war. Ein Pulk von Ärzten stand vor meinem Bett. Eine Vorrednerin erklärte den Damen und Herren im Flüsterton meinen Status Quo. So vermutete ich zumindest, denn außer meinem Namen verstand ich nix! Dann wurde getuschelt. Über mich. Ich sagte dann irgendwann laut. „Guten Morgen!" Sie hielten kurz inne und schauten mich alle entgeistert an. „Guten Morgen", kam zurück. Na geht doch dachte ich.

Doktor Christian war auch dabei, hielt sich aber eher im Hintergrund. Es wurde weiter getuschelt. Bevor ich dazu noch etwas sagen konnte, sprach mich einer von ihnen doch endlich direkt an. Er erinnerte mich irgendwie an Helge Schneider, nur ohne Bart und gar nicht lustig. Er schaute mich mit betroffener Mine an. „Herr Viessmann, wir haben Sie ja bereits über die Notwendigkeit einer sofortigen Revisions-Operation informiert. Haben Sie darüber nachgedacht? Wir könnten Sie sofort in den OP-Saal bringen lassen." Ich sagte ihm, dass ich nun genügend Zeit hatte, das Für und Wider abzuwägen und bei meiner ursprünglichen Entscheidung bleiben würde, mich zum jetzigen Zeitpunkt nicht noch einmal öffnen zu lassen. „Sie wissen, dass Sie sich damit bewusst gegen Ihr Leben entscheiden Herr Viessmann."

Knallhart! Sie vermieden bewusst das Wort ‚Tod', machten mir aber unverblümt klar, dass das wohl mein Todesurteil sei.

Ich war wahnsinnig ängstlich. Trotzdem versuchte ich nicht nur meine Angst vor dem Ersticken in den Vordergrund zu stellen, sondern ich wiederholte auch die Worte des Professors und der mittlerweile drei weiterer Ärzte, welche in meinem Sinne argumentierten. Ja natürlich, ich machte es mir da etwas zu leicht, aber mit „Leicht" hatte das hier ehrlich gesagt überhaupt rein gar nix zu tun!

„Herr Viessmann, Ihre Werte sind so schlecht, dass etwas getan werden muss. Jetzt! Ihr Herz hat seinen Rhythmus auch heute Nacht wieder verloren. Sie hängen wieder am Pacer, dem Schrittmacher." Ach das war doch schon wieder Kacke! Hatte ich noch gar nicht mitbekommen. Trotzdem, wenn der Bypass relevant ist, dann bitte mit einem Stent über einen Katheter reparieren. Dazu wäre ich sofort bereit.

„Das ginge auch nicht ohne Risiko...", mischte sich die alte zickige Kuh-Ärztin von gestern ein. Was für eine Kuh-Kuh! „Ein Risiko, welches ich bereit wäre einzugehen!", sagte ich. „Ich stelle Ihre fachliche Kompetenz überhaupt nicht infrage", sagte ich nochmals, „aber ich werde eine Re-OP zum jetzigen Zeitpunkt nicht überleben. Und ich sehe auch nicht zwingend die Notwendigkeit dies immer wieder als einzige Option zu betrachten!"

Wie konnte ich mich nur erdreisten, die Entscheidungen dieser Götter in blau, oder blaugrün, (...oder doch grünblau??) in Frage zu stellen. Erbost kam sie auf mich zu, griff zum Pacer und regelte ihn herunter. Mein Herz hörte auf zu schlagen. Ich riss die Augen auf. Sekunden vergingen. Sie regelte ihn wieder hoch. Mit einem Grinsen sah sie mich an und meinte schnippig: „Sehen Sie?" Sie drehte sich zu der Arztgruppe. „Sehen sie, da ist nichts!" Selbstgefällig reihte sie sich wieder ein. Was für eine F......! Professor Doktor Helge Schneider versuchte die Situation zu beruhigen. „Herr Viessmann, natürlich ist es Ihre Entscheidung. Wir machen nichts gegen Ihren Willen. Und ja, ihre körperliche und seelische Verfassung ist natürlich sehr wichtig für das Gelingen einer Operation und für Ihre Genesung! Wir kommen später nochmal. Alles Gute für Sie!" Die Truppe entfernte sich langsam, leise schnatternd. Doktor Christian lächelte mir noch einmal zu und meinte: „Bis später!". Ich freute mich darauf, mit ihm noch einmal reden zu können. Die Visite war mir gehörig auf den Magen geschlagen, trotzdem aß ich nun erstmal ein bissl was. Vanessa meinte, wenn ich nix esse, werde ich auch keine Kraft bekommen, das hier durchzustehen. Da hatte sie verdammt Recht! Zwei Joghurts und einen Apfel schaffte ich. Ich wollte im Bauch ja auch nix für die „Pfanne" brutzeln. Die Wette gilt. Kurz darauf kam Helge Schneider mit einem grauen Herrn im weißen Kittel im Schlepptau, welcher mich stark an einen Gibbon erinnerte. „Herr Viessmann, das ist Doktor Hrubisch (er hieß natürlich anders), Ihr Operateur." „Guten Tag Herr Viessmann, wie geht es Ihnen? Aha,…aha,…so so. Hm, ja also … Herr Viessmann, ich würde Sie sehr gerne noch einmal operieren. Das wäre wichtig. Aha, … aha, … soso. Hm. Naja. Nein, …nicht? Na gut. Alles Gute für Sie. Tschüss." Der Gibbon lächelte dabei die ganze Zeit sehr gönnerhaft, ja fast als seien wir befreundet. Dann war er wieder weg. Was war das denn eben? Dachten die denn wirklich, der Typ der es persönlich verkackt hat, kann mich bei der gemütlichen Tasse imaginären Tees einlullen und zur OP überzeugen? Hören die mir gar nicht zu? Ich könnte kotzen. Ich war echt freundlich geblieben, aber das war schon komisch eben. „Na, nur nicht ärgern!", sagte Vanessa. „Ist nicht gut fürs Herz." Schon wieder richtig. Schlaue junge Frau!! Ich war ehrlich auch noch viel zu schwach, um mich über ihn aufzuregen. Ich hatte ständig Krämpfe im Rücken, in den Schultern. Sicherlich vom Liegen. Ab und zu auch einen eingeklemmten Nerv. Das machte die Pfleger immer nervös, da sie dachten, es stimmt etwas mit dem Herzen nicht. Doktor Dirk beruhigte sie, ich konnte schon zwischen eingeklemmtem Nerv und Herz-Attacke unterscheiden. Irgendwann vertrauten sie mir Klugscheißer und gaben mir, wonach ich verlangte. Ich konsumierte Schmerz- und Betäubungsmittel am laufenden Band. So war ja eigentlich auch die Anweisung der Ärzte an die Pfleger. „Er bekommt, wenn er danach verlangt!" Kurioserweise keinerlei Schmerzen in der Hüfte oder den Füßen, die mich ja ansonsten schon seit Jahren plagen, aber wie gesagt, dafür sorgten reichlich Schmerzmittel.

Am zweiten Tag kam eine nette ältere Dame an mein Bett und meinte, es wäre nun Zeit für Physio. Ich war überrascht und neugierig zugleich. Ich bekam ein kleines durchsichtiges Plastikteil in die Hand, in welches ich blasen sollte. Eine bunte Kugel im Inneren sollte dann in meinem Luftstrom schweben. Das war ganz schön tricky, denn das Atmen fiel mir aufgrund der erst kürzlich wieder vereinten beiden Hälften meines Brustkorbs immer noch recht schwer. Ich schätze, ich konnte nur ca. 40%

meiner Lunge mit Luft füllen, da ich die Atembewegung aufgrund der Schmerzen und der sich in meinem Bauchraum unterhalb des Rippenbogens befindlichen 3 Schläuche, noch flach halten musste. Der dünne Pacer-Draht, welcher sich dort auch noch bis zum Herzen in meinen Körper bohrte, hatte da eher keine Relevanz. Zumindest nicht physisch, dafür psychisch aber enorm.

Na egal, jedenfalls pustete ich wie ein junger 2/7tel Gott in die Röhre. Die Kugel tanzte leicht. Dies sollte ich nun immer dann wiederholen, wenn ich Langeweile hatte. Davon hatte ich ja reichlich, somit besserte sich meine Lungenkraft auch täglich Stück für Stück. Das war auch immens wichtig, da sonst aufgrund unzureichender Belüftung die Gefahr einer Lungenentzündung bestünde. „Das war es dann jetzt schon wieder mit Physio?" fragte ich scherzhaft. „Kein ‚let´s walk across the Park'?" Sie grinste. „Nein, heute noch nicht. Aber was jetzt kommt, ist noch viel besser!" Sie holte ein kleines Gerät aus einer ihrer Taschen. „Jetzt bekommen Sie noch eine Massage!" Das fand ich gut! Sie half mir, mich aufzurichten und in die Sitzposition zu gelangen. Das fand ich auch schon mal super, denn nun wurde mein Rücken das erste Mal seit 2 Tagen entlastet. Allein das fühlte sich großartig an. Leute, ihr glaubt ja nicht, was pures Sitzen für ein Vergnügen sein kann!!! Halleluja! Es sind doch wie so oft die kleinen Dinge im Leben, welche eine ungeheure positive Kraft haben. Sie rieb meinen Rücken mit einem kühlenden Gel ein und dann ging die Reise los. Das Gerät schwabbelte meinen kompletten Rücken durch. Den unteren Rippenbogen, das Zwerchfell, den Deltamuskel bis unter die Schulterblätter und zu guter Letzt die Kapuze. Zum Finale erhöhte sie noch einmal die Frequenz, setzte erst links, dann rechts mittig hinter den Lungenflügeln an und ich sollte brummen, oder ein langes „O" singen und dabei langsam ausatmen. Enrico Caruso in the house!

Die gute Frau war ab jetzt meine beste Freundin und kam nun täglich. Aufstehen war erstmal nicht vorgesehen. Wie auch, meine Beine waren so in etwa ums Doppelte angeschwollen. Heftige Wassereinlagerungen. Fand ich, wie schon gesagt, optisch eigentlich gar nicht so schlecht. Das erste Mal in meinem Leben sah ich nicht so aus, als hätte ich mit Adebar gepokert und seine Beine gewonnen. Schöne stramme Dinger! Das lag zum einen wie schon gesagt daran, dass ich permanent an mindestens einem Tropf hing und zum anderen, weil die Herzleistung nicht gut war. Dabei lagert sich eben Wasser ein. Vorzugsweise besser in den Beinen als in der Lunge! Schöne glatte stramme Dinger! Alle Drei. Wobei, beim „Dritten" war es eher die Schatzkiste, welche zu beträchtlicher Größe angeschwollen war. Das erinnerte mich optisch stark an ‚Jabba the Hutt', mit einem Trinkschlauch oder Shisha-Schlauch in seinem Mund! Ja, dort war Schlauch Nummer 4 in mich versenkt. Und ‚Jabba der Hutte' lebte nun dort! Großartig… ich musste immer wieder hinschauen!

Doktor Christian kam nochmal zu mir ans Bett, als die Physio vorbei war. Er beruhigte mich nochmal und sagte, dass ich seiner Meinung nach schon alles absolut richtig entscheiden würde. Dann fragte er mich noch: „Herr Viessmann, woran können Sie sich die OP betreffend erinnern?" Ich meinte, „Naja, irgendwie wurde ich von einem Arsch im Hotel abgeholt, auf die Station gebracht und bin dann irgendwann im ‚Kinder-OP' gelandet. Und dann … hmm…" „Nichts weiter?", fragte er. „Hmm…, weiß nicht genau!", sagte ich. „Können Sie sich eventuell an die OP direkt erinnern … sind Sie vielleicht währenddessen aufgewacht?" Mir wurde ganz komisch im Magen. „Naja, jetzt wo Sie es sagen … da war was! Irgendwas war da. Irgendwas Grünes…oder Blaues. Ganz kurz. Aber ja, wo Sie es jetzt sagen… Ja!", erinnerte ich mich langsam. „War aber irgendwie nicht schlimm. Ich war dabei ruhig soweit ich mich erinnere. Hatte keine Angst." Es war mehr ein Gefühl oder eine Ahnung, als eine Erinnerung. „Also zu 80/85 % denke ich, … JA, ich bin kurz wachgeworden bei der OP. Ich hatte einen Druck auf der Brust. Aber keine Angst dabei und keine Schmerzen."

„Herr Viessmann, das ist ein sehr seltenes Phänomen. Man nennt es in Fachkreisen ‚Awareness'. Es bedeutet, dass es einige wenige Menschen gibt, die man nicht verlässlich zu 100 % narkotisieren kann. Ich selbst gehöre ebenfalls dazu. Ich selbst bin auch schon einmal während einer Operation aus der Narkose erwacht. Ich weiß, dass dies ein prägendes Erlebnis sein kann." Er führte noch etwas aus, dass beispielsweise auch eine Hypnose bei diesen Menschen schwierig bis unmöglich sei und dass die Bandbreite der Erlebnisse von optischen Wahrnehmungen bis hin zu starken Schmerzen reicht. Egal in welcher Intensität man dies erlebte, könne daraus wohl ein Trauma entstehen. Er empfahl mir daher, mir einen Psychologen zur Seite zu stellen, mit dem ich dieses aufarbeiten kann. Das müsse er selbst im Übrigen auch noch tun, aber bei anderen sei man ja immer schlauer sagte er mit einem Grinsen. Ich stimmte dem zu. Er meinte, er würde sich noch darum kümmern, bevor seine Schicht gleich um sei und verabschiedete sich.

Kurz darauf kam Janina mit Leila. Endlich. Ich war so glücklich, die beiden zu sehen. Ich markierte den starken Mann, aber innerlich hätte ich vor Glück heulen können, die beiden überhaupt wiederzusehen. Ich erzählte ihr von dem Gespräch eben. Auch, dass ich dem Arzt nicht sagte, dass mir so etwas ja schon einmal passiert ist. Bei meiner Operation wegen dem Nierenstein damals. Das hatte ich im Vorfeld dieser Operation jetzt mit Absicht nicht angegeben, da ich Angst hatte, die würden mir sonst zu viel Narkosemittel verabreichen und mich so tief abschießen, dass ich nicht mehr zurückkomme.

Na das hatte ja so schon fast geklappt mit dem Ersticken. Egal jetzt, nix negatives!

Sie standen beide an meinem Bett und wollten mir positive Energie und Kraft geben. Es war so schön, die beiden endlich wieder zu sehen. Das mit der Psychologin fand Janina auch eine gute Idee. „Vielleicht", so meinte sie, „kannst Du so auch Deine Angst bekämpfen und Dich für die nochmalige OP entscheiden." Ja, man hatte sie schon wieder bearbeitet, mich zu bearbeiten. Mittleiweile fühlte ich mich mit meiner Entscheidung aber nicht mehr so alleine. Dr. Christian stärkte mir mental den Rücken. Janina vertraute mir natürlich auch, hatte jedoch große Angst, dass es die falsche Entscheidung seien könnte. Die beiden zu sehen gab mir einen Schub nach vorn. Trotzdem beließen wir es bei einem eher kurzen Besuch, da mir das ‚Sich Unterhalten' doch noch schwerfiel und ich alle Situationen im Krankenhaus generell hasse. Und das sowie im, als auch vor dem Krankenbett! Als sie wieder los gingen, schlief ich sofort ein. Endlich mal ohne Vögel!

<<<<<<<<<<<<<<<<<<<<<<<<<<<<<<<<<<<<<<<

Hier in der Sauna wurde ich gerade unfreiwillig Zeuge eines sehr irren Gespräches. Ein Mann erzählte einer Frau von den anstehenden Urlaubsplänen. Er so: „Wir machen mit dem Boot eine Rundfahrt! Durch die Südsee!" „Oh wie schön!", erwiderte sie. „Ja, ja …wir fliegen erst mal nach die

Domino da Republik da hin und dann geht's da auf die Aurora und los dann!", freute er sich enorm.

„Aahhh....", sagte sie mit einem Lächeln. „Sie machen eine Kreuzfahrt mit dem Schiff durch die Karibik." „Ja, ja genau!!" „.. Und Sie fliegen erst in die Dominikanische Republik" „Jawoll, ... ja!" „und steigen dort auf die Aida!" „Na aber genau!", freute er sich und klatschte in die Hände. Ihr Blick traf ganz kurz den meinen. Auch die ansonsten noch Anwesenden schauten sich alle kurz mit einem Grinsen an. ...und plötzlich wurde es auf den folgenden beiden Gedanken sehr, sehr enge!

„Hoffentlich hat seine Frau die Reise gebucht und hoffentlich hat sie nicht vor, ihn irgendwo auszusetzen! Der findet doch niemals wieder nach Hause!

>>

Kapitel 9

Rum-Lieg-Man

21. September

Die Nacht war anstrengend. Ich war auf keiner Kreuzfahrt, sondern immer noch mitten in meiner Odyssee. Mein Gegenüber, Lars, so hatte ich es vorhin mitbekommen, hatte wieder ordentlich zu tun. Und die Nachtschicht mit ihm. Da sieht man mal wieder, es geht immer noch schlimmer! Beim Frühstück versuchte ich wieder nur Sachen in mich aufzunehmen, die ich auspinkeln kann. „Herr Viessmann, irgendwann müssen sie! Sonst bekommen sie von uns einen Weichmacher." Auweia! Das klang komisch. Ich machte aber erstmal so wie ich wollte. Wie immer! Eine erneute Echo-Untersuchung verriet mir eine Steigerung der Herzleistung um 2%. Na immerhin, mühsam ernähren sich Chip & Chap. Die täglichen Röntgenuntersuchungen ergaben auch heute nichts Nachteiliges. Es wird! Evtl. kann ja heute bereits einer der Schläuche gezogen werden, so äußerte sich zumindest ‚Einer Der Ärzte'…oder war es ein Pfleger? Ich weiß es nicht mehr genau. Auch egal! Auf jeden Fall … Yippie!!

Ich schickte Janina ein Foto von mir. Nur so, weil ich gerade glücklich war. Natürlich zeigt sie es euch… Euer Kommentar: „Steht ihm, dieses feiste Gesicht!" Die Wassereinlagerungen sind also mittlerweile an meiner Fontanelle angekommen. Ein kugelrunder Dirk. Seit gut 3 Tagen im Bett liegend. Na Gott sei Dank hab ich das in den letzten Jahren exzessiv auf unseren verschiedensten Couchen geübt und zu einer meiner Superkräfte entwickelt. ''Rum-Lieg-Man!'' Mein Superheldenkostüm dabei ist meistens meine Haut!

Kurz vor der Visite besuchte mich Dr. Wüstensohn. Der gute Mann war mir immer herzlich willkommen, weil er immer nur positiv war! Er meinte, dass das Herz wieder keinen eigenen Rhythmus hat, solle mich nicht so stark beunruhigen. Das kann einfach an den Medis liegen, welche ich immer noch in rauen Mengen intravenös bekomme. „Das bekommen wir hin", sagte er. Ich war begeistert, fragte aber sicherheitshalber nochmal sehr deutlich nach: „Das mit dem Herzrhythmus, also den Schrittmacher weg …das bekommen wir hin? … Sicher?" „Bekommen wir hin!", wiederholte er und verschwand, bevor wieder die Halbgötterdämmerung begann.

Da kamen sie dann auch schon. Ich hatte das Gefühl, es wurden immer mehr Ärzte zur Visite. Acht oder neun waren es heute. Dabei waren Christian, der Wüstensohn, die schnippische Kuh-Kuh, die knackige Blondine, welche immer vorflüsterte und

Helge Schneider … immer noch traurig, oder besser sehr ernst. Zu den drei/vier anderen Ärzten hatte ich keine besonderen Assoziationen. Einer von denen, vom Alter her wahrscheinlich ein Assistenzarzt, übernahm nach dieser Visite dann anscheinend meine Behandlungen. Nun gut, jetzt also erstmal Visite.

Die Blondine fing kurz an zu flüstern, dann kam sofort ein „Guten Morgen" von allen. Lernfähig die Truppe! Helge richtete wieder das Wort an mich. „Herr Viessmann, Werte sind leicht verbessert, aber immer noch sehr schlecht. Plan wäre, heute die rechte ‚Cook Drainage' zu ziehen, sofern sie nichts mehr gefördert hat." Das klang gut in meinen Ohren. Dann wurde noch kurz getuschelt, Re-OP abgelehnt usw., mit den Köpfen hin und her gewogen und sie verabschiedeten sich. Was ist denn nun los, keine Überzeugungsversuche in Richtung RE-OP mehr, dachte ich. Ich war dankbar dafür. Hatten sie es jetzt endlich auch so gesehen, dass es am Bypass nicht liegt?

Die Antwort darauf erhielt ich kurze Zeit später in Form des großen weißhaarigen Gibbons. Der Kerl schon wieder. Er grinste wieder wie Hans Bolle im Bonbon-Regen. Was hat der denn für ein Problem? Na jedenfalls versuchte er noch einmal mich davon zu überzeugen, dass er meinen Zustand mit der Revisions-Operation schon richten würde. Auch ihm wiederholte ich bereitwillig die Worte des Professors. „Keine Gefahr im Verzug und Gefäß ist gut durchblutet". Am liebsten hätte ich ihm gesagt, dass er sich fast umsonst FAST angestrengt hätte, mir fast einen Bypass zu legen. Ich war jedoch viel zu nett zu ihm. Das wäre ansonsten in so einer Situation nicht meine Art gewesen, aber ich war immer noch sehr schwach und zu unsicher, was meinen Zustand anging. Also ließ ich den ‚Fiesmann‘ im Halfter und ließ ihn einfach ablaufen. Janina fragte mich irgendwann berechtigterweise, ob der sich bei mir eigentlich mal entschuldigt hat. Dafür, dass er wahrscheinlich Montag früh noch besoffen war und verkackt hat. „Nö, das hat er einfach weggelächelt!", sagte ich ihr. Affe!

Dafür kam Doc Christian nochmal zu mir. Wir redeten auch noch einmal ausführlich übers Aufwachen während der OP. Ich sagte ihm, dass die Erinnerung immer mehr zurückkkam. Ich konnte mich jetzt erinnern, dass mein Körper optisch durch große grüne oder blaue Laken so abgeschirmt war, dass ich nichts sehen konnte, außer eben diesen farbigen Laken. Auch sagte ich ihm nochmal, dass die Aufwachsituation nach der OP weitaus schlimmer war, als die währenddessen. Auch dafür, so meinte er, sei die Psychologin hilfreich. Diese solle wohl heute noch zu mir kommen. Na feini, ich freute mich. Glaub ich zumindest. In der Zwischenzeit hatten sich die Pfleger und Schwestern der Station darauf geeinigt, mir eine Überraschung zu bereiten. Dadurch, dass Lars im Bett gegenüber jede Nacht einen fiesen Film schob, konnte weder ich, noch sonst wer auf der Station erholsamen Schlaf finden. „Herr Viessmann, wir verlegen sie heute in ein Einzelzimmer. Also eigentlich ein Doppelzimmer, aber es ist gerade komplett leer." Wow … super, danke! Das war ja mal supernett! Ich fragte noch, ob es nicht vielleicht doch eine bessere Idee wäre, Lars in dieses Zimmer zu legen. So hätten mehrere Patienten etwas davon. „Nö, wir wollen dir etwas Gutes tun. Du bist so pflegeleicht. Und hast für jeden immer ein ‚Bitte' und ein ‚Danke'!" Die waren echt super! Alle auf der Station! Mit deren Namen ist es so, wie es mit Namen bei mir leider mal ist. Ich kann mich nur an Daniel und Vanessa erinnern. Dann gab es noch eine Leila oder Lydia (oder beide), einen jungen Kerl mit italienischem Namen und Fatmire, die eigentlich von einer anderen Station kam. Den Rest kenne ich nur als freundlich lächelnde Gesichter und helfende Hände. Ach ja, Udo gab es auch noch, fällt mir gerade ein. Der müsste ungefähr mein Alter gehabt haben. Das nenne ich mal Durchhaltevermögen. So lange in diesem Job, der einem alles abverlangt! Und leider nicht adäquat bezahlt wird. Das geht nur mit sehr viel Herzblut und sehr, sehr viel Nächstenliebe. Immer, wenn ich Udo sah, musste ich unweigerlich an seinen Sack denken. Warum? Gute Frage! Jeder kennt doch den Song ‚Danza Kuduro' und seine deutsche Interpretation ‚Am Sack von Udo'. Die ganze lange Schicht über hatte ich diesen Ohrwurm und musste an sein Gehänge denken. Bei einer 8,5 Stunden Schicht kann das eine ganz schön haarige Angelegenheit werden! Ja, … mein Gehirn funktionierte noch auf die alt bekannte Weise. Ha. Na Gott sei Dank!

Mittlerweile versuchte ich immer öfters, mich aufzurichten und zu sitzen. Ich bekam auch jedes Mal Hilfe dabei, denn sie wussten natürlich, dass das eine ungeheure Erholung für meinen Rücken bedeutete. Ich brauchte nun auch längst nicht mehr so viel Schmerzmittel wie zuvor. Es ging weiter vorwärts. Wie versprochen bekam ich am frühen Nachmittag mein Einzelzimmer. Mit zwei Fenstern in Blickrichtung und eine Flimmerkiste nur für mich alleine. Super, es ging mir besser. Am Abend verpasste mir Fatmire dann doch endlich den bereits wiederholt angedrohten Weichmacher. Na mal g(k)u(a)cken!

An dieser Stelle muss ich mal abkürzen. In den nächsten Tagen ging es in minikleinen Schritten aufwärts mit mir. Manchmal unterbrochen von ordentlichen Schmerzen im Brustkorb oder unterm Rippenbogen, manchmal durch Hustenanfälle, die wiederum das eben genannte auslösten. Ich wechselte noch einmal, aber nicht nur das Zimmer, sondern die Station. Ich kam auf die Intensivstation für Transplantationen. Einzelzimmer, sehr ruhig und eigentlich wie im Hotel. Hier lernte ich neue Ärzte und Pflegekräfte (Jan, Michael), sowie meine Psychologin Frau Hosp-Zimmermann kennen und schätzen. Darüber hinaus lernte ich den Klo-Stuhl kennen und gezwungenermaßen auch lieben und machte so eben nicht die Bekanntschaft mit der Bettpfanne. „Ich muss nämlich gar nix!!"

Meiner großen Tochter, welche immer noch in einem wichtigen Lehrgang bei der Bundeswehr steckte, schenkte ich bis zu dessen erfolgreichem Ende nur halb-reinen Wein ein. „Geht mir soweit ganz gut.", bescheinigte ich ihr. Den ganzen beschissenen Rest konnte ich meiner Süßen später berichten.

Ich wurde von einem weiteren Professor, dessen Hauptfachgebiet die medikamentöse Behandlung der Herzinsuffizienz ist, medikamentös neu eingestellt. Diesen Status habe ich bis heute. In diesen Tagen war es für mich immer ein Highlight, wenn ich einen der Schläuche, oder zumindest eine Nadel weniger im Körper hatte. Fatmire hatte an dem Tag, an dem ich hoch auf die andere Station kam, den Pacer einfach mal auf ganz niedrig gestellt. Ich denke mal in Absprache mit den Ärzten. „Das Herz braucht auch die Chance, allein schlagen zu können", meinte sie. Richtig! Viele schlaue Frauen und Männer hier. Ab diesem Zeitpunkt tat es das dann auch und 4 Tage später wurde der heiße Draht zu meinem Herzen und somit auch der Externe Schrittmacher entfernt. Yippee yippee yee! Was ich seit meinem Kurzurlaub dort übrigens überhaupt nicht mehr riechen mag ist Desinfektionsmittel. Dieses wurde mir zu jedem Anlass in rauen Mengen überall hin gesprüht. Bei jedem Kontakt mit Ärzten oder Pflegern. Auch sie entkeimten sich jedes Mal sehr großzügig damit! Ich denke, das ist perfekt so, aber ich konnte es irgendwann einfach nicht mehr riechen. Das heißt, leider konnte ich sehr gut riechen. Ich konnte es nur nicht mehr ertragen!

Kapitel 10

Reise ins Schlaraffenland

27. September

Heute ist es soweit, ich werde auf die Normalstation verlegt. Mein Zustand ist soweit stabil und ich bin alle Schläuche und Zugänge, bis auf einen allerletzten im Hals, endlich los. Herzleistung ist laut letztem Echo immerhin auf 27% geklettert. Na immerhin. Da die Normalstation hier jedoch völlig überlastet ist, werde ich ins Paulinen-Krankenhaus neben dem Olympiapark verlegt. Von dort hatte ich nur Gutes gehört und freute mich wahnsinnig darauf. Das war für mich ein gewaltiger Schritt nach vorn! Das war auch so ungefähr der erste Moment, in dem ich mich wirklich wagte daran zu glauben, dass alles wieder gut wird.

Der Krankentransport war kurz nach 11 Uhr da. Ich futterte noch schnell das Mittagessen in mich rein, nachdem ich meinen letzten Ingwer-Shot zum verfeinern drüber geschüttet hatte und wurde mit dem Rollstuhl von der Station gefahren. Laufen durfte ich noch nicht, hätte es aber gekonnt. Ich hoffte sehnlichst, dass das Essen in der Pauline schmackhafter wird.

20 Minuten später dort angekommen erzählten mir die Fahrer, dass die Pauline zwar äußerlich nicht das schönste Krankenhaus sei, jedoch auf vielen seiner Stationen Modernisierungen vorgenommen wurden. Na das klang für mich gut. Das Haus hatte sich auch auf die Weiterbehandlung herzchirurgischer Patienten spezialisiert. Mehr wollte ich nicht! Ich wollte gleich bei der Ankunft anmelden, dass ich ein Zweibett-Zimmer, oder noch besser ein Einzelzimmer wollte. Ich hatte gemerkt, wie gut mir die Ruhe der letzten Tage geholfen hat, gesünder zu werden. Bei der Ankunft auf meiner Station empfingen mich ausnahmslos gestresste Gesichter. Kein Lächeln. Na gut, wahrscheinlich war gerade Schichtwechsel oder gar ein Notfall. „Guten Tag, Viessmann mein Name, aus dem Herzzentrum.“

„… … …“.

Nun gut, ist wohl gerade sehr stressig. Als ich die Schwester von meinem Zimmer-Wunsch zu unterrichten versuchte, wiegelte sie nur ab und meinte, dafür wäre später noch Zeit und außerdem gäbe es keine mehr. Hmm… na ‚später noch Zeit‘ gefiel mir besser als ‚keine mehr‘. Und ich hatte nur Gutes von diesem Haus gehört und auch im Internet recherchiert. Es war mir nur wichtig ihr zu signalisieren, dass ich natürlich auch gerne bereit wäre, dafür die Extrakosten zu übernehmen. Sie ignorierte das und nannte meinen Fahrern, welche mich immer noch begleiteten, meine Zimmernummer. „Ach du Kacke“, sagten sie, „… Holzklasse!“. „Hä?... wie?“, wollte ich wissen. „Na wie gesagt,", meinte der eine „die haben auf vielen Stationen was gemacht. Aber eben nicht überall!" „Na so schlimm kann es ja nicht sein.", meinte ich. „Vierbettzimmer", fiel er mir ins Wort. „Später hat sie gesagt!", erwiderte ich siegessicher mit einem Lächeln. Ich redete mir die Situation gerade schön. Sie schoben mich ins Zimmer.

…

Genesung, Ruhe, Entspannung, ein modernes unaufdringliches Ambiente, ein frischer Geruch von Früchte-Tee oder Minze, Sonnenlicht, welches zwischen den Wölkchen am Himmel durch die sauberen Fensterscheiben diese Stimmung erhellte. Ja, das brauchte ich. Das brauchte jeder in meiner Situation! Um Kraft zu sammeln und nach vorne zu schauen. Das Gefühl, wohl umsorgt und geborgen zu sein.

Nichts! Aber auch ‚Gar Nichts' davon war hier zu finden. „Setzten Sie sich dort hinten hin. Das Bett ist frisch!", schepperte es durch den Raum. „Wie, … hää? Ja, … häää?", stammelte ich, untermalt von Erstickungsgeräuschen aus dem Bett zur Rechten. „DAS BETT IST FRISCH!", wiederholte sie. Ich fragte mich, warum das separat erwähnt werden musste. Zwei mal. Ich fragte nicht nach. Das Zimmer stank nach Fäkalien. Nach schmieriger kranker Kacke! Ich wusste nicht, ob es von den Patienten kam, welche hier vegetierten, oder ob der Raum generell diese Aura verströmte. Das Bett war frisch. Der Tisch nicht. Auf diesem wurde etwas verschüttet. Irgendwann mal. Die Ränder trockneten bereits. Eine darauf liegende Zeitung übernahm den Job einer Reinigungskraft und sog einen Großteil der Flüssigkeit in sich auf. Das Bett war frisch. Es war noch mit Folie überzogen. Der Mülleimer neben dem Bett, ich sage bewusst ‚DEM' Bett und nicht ‚MEINEM' Bett, war voll. Ohne darin zu wühlen erkannte ich Verbandsmaterial, Zellstoff, Kompressen und mindestens 2 Kanülen. Bitte??? Wo bin ich hier denn gelandet? Leider hatte der Fahrer, welcher sich bereits verabschiedet hatte, meine Tasche bereits abgestellt. Der Boden dort war zum Glück trocken.

Ich saß auf einem Stuhl, neben DEM Bett, vor DEM Mülleimer und hinter DEM Tisch. Mit ausreichendem Abstand zu ALLEM. Der Typ im Nebenbett öffnete ein Auge, schaute mich an und raunte. Dann schloss er das Auge wieder. Der Typ gegenüber erstickte immer noch, mal mehr, mal weniger. Schien niemanden zu interessieren. Eine Schwester, oder Pflegerin, oder Reinigungskraft schaute in den Raum und fragte mich, ob ich heute schon Mittagessen hatte. „Auf jeden Fall.", konterte ich so schnell ich konnte. „Auf jeden Fall schon gegessen!", wiederholte ich. Auf keinen Fall würde ich hier irgendetwas in meinen Mund stecken. „Ich bekomme …", hustete mein Gegenüber schnell. „Ja, sie bekommen gleich.", sagte sie. Ah okay, er stirbt also nicht. Scheint normal zu sein, dass er nicht wirklich atmen kann. Ich wollte nicht dabei sein, wenn er aß.

Neben mir wurde wieder geraunt und gestöhnt. Das konnte doch wohl nicht wahr sein. Ich bin auf der Siechenstation in Zentral-Afrika gelandet. Ich sagte der Essensfrau noch schnell bevor sie verschwand, dass ich die Schwester um ein kleineres Zimmer gebeten hatte, gegen Aufpreis! „Später!", sagte auch die hier. Na toll, wann ist denn dieses später?

Wie das hier stank! Normalerweise gewöhnt man sich ja an den Geruch in einem Raum, wenn man lange genug drinnen sitzt. War hier nicht so. Wollte ich auch nicht! Also länger HIER bleiben! Plötzlich kamen Pat und Patachon in den Raum und auf mich zu. Pat sah aus wie Pat, nur ohne Schnauzer. Patachon irgendwie wie Patachon, nur dass er eine ‚SIE' und dünn war. Klein, dünn, slawisch sprechend und wahrscheinlich minderjährig. Was jetzt folgte, war der lächerliche Versuch eines Aufnahmegespräches. Patachon hatte nach Abfrage der Personalien einen Fragenkatalog auf den Tisch geklebt, äh gelegt und meinte treffend: „Das klebt!". „Ja", meinte ich, „hier klebt es!". Sie buchstabierte mir die Fragen. Gut, das ist leicht übertrieben, jedoch die Fachwörter buchstabierte sie wirklich. Aber nicht mir, sondern sich selbst. Ich versuchte ihr, so gut wie mir möglich, deren Bedeutung zu erklären. Pat hatte dazu keine Zeit. Er versuchte verzweifelt, bei mir den Puls und Blutdruck zu messen. Klappte gar nicht. Ich sagte ihm, dass man, meines Wissens, zwischen mehreren Druckmessungen einige Minuten pausieren sollte. Er hätte ja noch keine Messung vorgenommen versuchte, er klugzuscheißen. „Die vielen, wenn auch ergebnislosen Versuche verfälschen das Ergebnis", sagte ich so entspannt wie möglich. Der Patient im Nebenbett meldete sich flüsternd zu Wort. „Wir sagen euch seit Tagen, dass der Monitor an diesem Bett defekt ist." „Ach so?", kratzte sich Pat am Kopf „Ach so!", kratzte er weiter. „Vielleicht geht's ja auch ohne Technik?", fragte ich höflich nach. „Um endlich mal auf den Punkt zu kommen. Ich habe noch das mit dem Zimmer zu klären. Hier bleibe ich nämlich nicht!" „Sie bleiben nicht?", fragte Patachon, welcher ich mich jetzt wieder zugewandt hatte. „Nicht in diesem Zimmer.", sagte ich. Sie nickte ungläubig. „Acha" (slawischer Dialekt für Aha). „Mit wem muss ich jetzt wegen dem Zimmer reden?" Pat legte mir die Manchette wieder an und arbeitete nun mit Stethoskop und Uhr. „Können Sie mir dabei helfen?", fragte ich hoffnungsvoll. Zu irgendetwas mussten die beiden doch gut sein. Pat fand keinen Puls, wurde nervös und gab auf. Er baute jetzt lieber den Monitor ab und war daraufhin verschwunden. Eine Antwort bekam ich von keinem der beiden. Patachon buchstabierte wieder. Ich ignorierte sie, schaute aus dem Fenster und träumte.

Diese Monitore, dachte ich, diese Monitore. Mir war, als hätte ich die schon mal irgendwo gesehen. Irgendwann mal. Dann hatte ich es plötzlich. Das war damals, 1997 im Krankenhaus von Tabora in

Tansania, als meine damalige Freundin Lydia eventuell Malaria hatte und sich eine Chinin-Spritze abholen musste. Ja genau! Die Spritzen 2 und 3 durfte ich ihr dann später selbst geben. Nicht, weil ich so ein toller Arzt war, sondern weil sie einfach nicht mehr wollte, dass sich die Schwestern dort wieder über ihren großen weißen Arsch amüsieren. Mann, was hatten die gelacht. Dabei waren deren Ärsche viel größer! Ich wusste erst auch gar nicht was los war, aber das Lachen hatte mich echt angesteckt. Bis Lydia mit hoch gezogener Unterlippe hinterm Vorhang vor kam. Wahrscheinlich war es auch überhaupt gar keine Malaria, sondern nur die Nebenwirkung der Malaria-Profilaxe. So geil! Im Beipackzettel steht wörtlich: „…daher sind die Symptome der Nebenwirkungen oft nicht von den Symptomen der Krankheit zu unterscheiden". Lariam … geiles Zeug!

Die Monitore hier waren kein geiles Zeug. Okay, nicht wirklich aus Afrika, aber definitiv noch mit Röhren betrieben. Tiefer als breit. Und schwer und unhandlich. Das hat der Pat aber männlich gerockt! Guter Bauarbeiter! Und im Handumdrehen kam er dann auch mit einem Neuen ins Zimmer. Wobei der Begriff ‚neu' natürlich nicht wörtlich zu verstehen ist. Er installierte ihn und versuchte sich abermals an meinen Werten. Es klappte nun endlich und er betrachtete damit seine Mission als erfüllt. Patachon war immer noch mit dem Entziffern des Fragebogens beschäftigt, als die Schwester vom Anfang das

Zimmer betrat. Immer noch grimmig oder genau genommen war sie nicht mal das. Das fiel mir nun auf. Da war nix im Gesicht. Keine Regung. Überhaupt NICHTS. Sie war auch keine Schwester, sondern eine Ärztin. Sogar die Stationsärztin. Na hätte sie sich vorhin vorgestellt, hätte ich das auch gewusst und sie nicht mit meiner Anrede als ‚Schwester' degradiert. Immerhin tragen die hier ja keine Rangabzeichen. Das holte sie nun schnippisch nach. Keine Regung im Gesicht. Sie übernahm den Fragenkatalog.

Ich kam sofort zur Sache. „Frau Doktor, es tut mir leid, aber hier in diesem Zimmer kann ich nicht bleiben. Ich habe wirklich eine ganze Weile gebraucht, bis es mir wieder soweit gut geht wie jetzt. Ich habe hier ein ganz, ganz schlechtes Gefühl. Ich weiß auch, dass hier jeder Patient sein eigenes Kreuz zu tragen hat, aber mein recht guter Zustand ist nach all Dem, was in den letzten Tagen passiert ist, keine Selbstverständlichkeit. Das möchte ich nicht aufs Spiel setzen. Ich möchte bitte in ein Zweibett-Zimmer, oder sehr gerne in ein Einzelzimmer verlegt werden. Natürlich mit Kostenübernahme durch mich."

So, endlich bin ich das losgeworden und konnte das regeln. Es ging mir gleich wieder viel besser. „Hatten Sie ja bereits gesagt", antwortete sie. „Haben wir nicht, hatte ich gesagt. Ich habe auch nochmal nachgeschaut. Haben wir nicht!" Sie fuhr mit dem Fragenkatalog fort. „Wie, haben wir nicht", wollte ich wissen. „Sie werden doch nicht etwa zu 100 % ausgebucht sein!" „Doch, diese Station ist voll belegt.", tat sie meine Einwände ab. „Dann eben sehr gerne eine andere Station", sagte ich. „Ich bin da nicht so festgelegt. Nur das hier geht wirklich gar nicht!", bettelte ich schon fast. „Die Pauline hat sich doch komplett und ausschließlich auf die Nachversorgung von Herz-Operationen spezialisiert,", führte ich weiter an, „da wird doch noch irgendwo ein Zimmer verfügbar sein." „Ich kann nochmal schauen, aber heute wird das nichts!", lehnte sie ab. Sie wollte die Folie vom Bett nehmen. „Drauflassen!", sagte ich. „Warum?", wollte sie wissen. „Es wird sonst schmutzig.", sagte ich. „Schauen Sie sich doch bitte mal um!", ich deutete auf den Tisch und den Eimer. „Bitte prüfen Sie noch einmal, ob ein Zimmer verfügbar ist. Ich möchte diese Nacht nicht in diesem Zimmer verbringen." Sie ging aus dem Zimmer.

Mein Herz fing an zu rumpeln. Aussetzer! Hatte ich früher auch schon. Jetzt so kurz nach der Operation empfand ich das aber als keine gute Idee von meinem Herzen. Ich versuchte mich zu beruhigen und mir Hoffnung auf ein schönes Zimmer zu machen.

„Sieh zu, dass Du hier nicht bleiben musst", flüsterte es mich von der Seite an. „Äh wie bitte?", fragte ich. „Sieh zu, dass Du hier rauskommst!", wiederholte er. „Dein Vorgänger kam hier vor ein paar Tagen mobil rein, so wie Du. Heute wurde er sediert in ein anderes Krankenhaus verlegt. Dem ging es Tag für Tag schlechter.", fuhr er fort. „Warum?", wollte ich wissen. „Weiß ich nicht, nur dass es ihm jetzt schlecht geht! Du wirst hier keinen Schlaf finden, dein Gegenüber hustet und keucht die ganze Nacht durch. Ich mach hier kein Auge zu!" Der Patient im Bett gegenüber bestätigte das hustend und keuchend. „Na sie will ja nochmal nachschauen", meinte ich voller Hoffnung. „Auf jeden Fall hat sie mit Dir mehr gesprochen, als mit mir seitdem ich hier bin! Die reden hier nicht viel, vor allem nicht, was sie vorhaben, dir für Medikamente verabreichen oder mit dir machen! Weder die Ärzte, noch die Schwestern." Ich bekam eine üble Gänsehaut. Ich musste hier weg! „Es stinkt hier tagein tagaus. Wir beschweren uns jeden Tag darüber.", erzählte er weiter. „Ich war auch im Herzzentrum, war schon zu Hause. Jetzt habe ich einen Krankenhauskeim und musste wieder rein." Ich war geschockt. Nicht nur wegen seiner Geschichte. Mehr noch, weil ich hier mit einer frischen OP-Wunde neben einem Krankenhauskeim bleiben sollte. Ich ging aus dem Zimmer und suchte die Ärztin. Sie war nicht auffindbar.

Das war doch wohl alles ein schlechter Scherz… ein schlechter Film, in dem ich die beschissene Hauptrolle spielte. Rumpel … Rumpel in meiner Brust. Der Puls war sehr hoch, aber das war er seit der Operation. Wohl auch normal und wird sich hoffentlich bessern. Jetzt aber noch die Aussetzer.

Gar nicht gut, denke ich. Ich sagte der Schwester Bescheid. Entschuldigte mich auch, dass ich das Bett verschmähte und nicht hierbleiben wollte. „Kann ich sehr gut verstehen", sagte sie. Ach so?!? Sie brachte mir ein Glas Wasser und einen Beutel Brausepulver. „Magnesium und Kalium" sagte sie. „Das sollte den Rhythmus stabilisieren." Da ich immer noch schnell entkräftet war, ging ich wieder ins Zimmer zurück und tat das Zeug in meinen Mund und spülte mit dem Wasser nach. Man muss bedenken, dass ich seit der OP nur immer maximal fünf Schritte vom Bett zum Fenster und zurück gelaufen bin. Hier jetzt den kompletten Gang entlang auf der Suche nach der Ärztin. Also Pause im Zimmer.

Man wie das hier stank! Als ich mich erholt hatte, versuchte ich die Ärztin erneut ausfindig zu machen. Irgendwann war sie in ihrem Arzt-Zimmer. „Morgen haben wir ein Zimmer für Sie. Heute müssen Sie in dem Zimmer bleiben!" „Sehr schön,", sagte ich, „ich werde aber bitte nicht in diesem keimigen Zimmer bleiben! Dann verbringe ich die Nacht entweder auf dem Flur oder im Besucherraum." „Sie werden die Nacht in Ihrem Bett genau dort in dem hinteren Zimmer verbringen. Keine Diskussion jetzt mehr! Ich habe besseres zu tun.", herrschte sie mich gelangweilt an. Ich bedankte mich noch einmal für das morgige Zimmer und ihre Mühen, machte ihr aber auch deutlichst klar, dass dieses Zimmer definitiv keine Option sei. „Ich setze mich doch nicht dieser Gefahr aus, mich bei dem

Nachbarn zu infizieren. Und überhaupt … keine Diskussion mehr? … genug jetzt?", stellte ich ihre letzte Äußerung infrage.

„Halloooo, geht's noch?" dachte ich (glaub ich zumindest) nur. Mein Puls raste wieder. „Dann reden Sie doch mit dem Chefarzt, wenn Sie denken, dann haben Sie eine Chance!", zischte sie. „Ja sehr gerne.", erwiderte ich „Sehr, sehr gerne doch! Vielleicht versteht er mich ja." „Ich verstehe Sie sehr gut, es läuft nur nicht so, wie Sie wollen!", grinste sie mich an. Es holperte in meiner Brust. Beruhige dich Viessmann! Beruhige dich! „Wann kann ich den Arzt sprechen?", wollte ich lächelnd wissen. „Gehen Sie ins Zimmer zurück und legen Sie sich endlich ins Bett. Sie müssen sich schonen. Ich komme dann zu Ihnen." „Danke nein, ich gehe lieber in den Besucherraum."

Ich wartete keine Antwort ab und setzte mich in den Raum. Dort trank ich ein paar Tees und wartete. Die Tür des Arztzimmers hatte ich im Blick. Ich trank viele Tees. Sehr viele Tees. Musste also wegen der Entwässerungstablette auch hin und wieder etwas wegbringen. So verlor ich leider die Übersicht, ob sich im Arztzimmer etwas getan hatte. Also klopfte ich wieder an. Es war ja auch schon wieder genügend Zeit verstrichen. Also ich versuchte wirklich, nicht zu nerven und kein Querulant zu sein. Versuchte ehrlich, eine für alle Parteien zufriedenstellende Lösung zu finden, beziehungsweise anzunehmen. Ich stellte mich selbst und meine

Vorbehalte gegenüber dem Zimmer natürlich auch mehrfach infrage und überlegte, ob ich vielleicht überreagierte, was den Zustand des Hauses angeht. Doch jedes Mal, wenn ich zum Pinkeln ins Zimmer musste, war ich mir sicher, hier wieder krank zu werden. Das ging beim besten Willen nicht.

Der Arzt war noch nicht da, bzw. unterwegs. Die anderen Stationen haben auch kein freies Zimmer, so ihre Auskunft. Ich war echt am Verzweifeln. Dann hatte ich plötzlich eine zündende Idee. Ich rief im KKH Hedwigshöhe an und fragte, ob die dort Kapazitäten hätten und mich übernehmen würden. Die Telefonnummer von der Station hatte ich noch.

Schwester Steffi von der Station Ursula war am Apparat und erinnerte sich an mich. Sie fragte den diensthabenden Arzt, ob das ginge. Ein paar freie Betten hatte sie jedenfalls. Ich sollte in der Leitung bleiben. Der Arzt, der das entscheiden könne, war gerade in der Notaufnahme. Als sie ihn nach ein paar Minuten erreicht hatte, sagte sie, es würde ihm wohl besser passen, wenn ich mich morgen dorthin überstellen lassen würde. Ich erklärte ihr die Situation nochmal ganz detailliert. Ich kann sehr blumig beschreiben. Sie schlug verbal die Hände über dem Kopf zusammen. „Herr Viessmann, Sie kommen heute noch zu uns. Ich regle das mit dem Arzt. Sie verlangen dort in der Pauline bitte punktum eine Verlegung hierher." Ich bedankte mich tausend Mal bei ihr.

Plötzlich hatte ich wieder einen Plan! Ich rief noch schnell auf der Station im Herzzentrum an, von der ich gekommen war und informierte auch die dort von meinem bevorstehenden Wechsel. „Das wäre jetzt nicht alltäglich, aber völlig in Ordnung, wenn das mein Wunsch ist," bestätigten und ‚genehmigten' sie mir die Aktion. Das war mir wichtig, damit die Häuser auch vernünftig miteinander kommunizieren können.

Dies erledigt, teilte ich der Ärztin daraufhin freudestrahlend mit, dass sie nun nicht weiter nach einer Lösung suchen müsse. Keine Regung in ihrem Gesicht! Ihre schnippischen Augen stachen immer gleich in die Köpfe ihrer Gesprächsopfer. Der nur eindimensional bewegliche Mund erinnerte mich an eine kleine Maschine oder besser an die Fressluke von ‚Mimimi', bzw. ‚Mimi', der eigenartigen Karotte von den Muppets.

Dieses Mal übernahm Mimimi jedoch die Opferrolle. „Ich habe doch alles versucht!", entgegnete sie einem Klagelied gleich. „Dafür bin ich Ihnen ja auch dankbar!", sagte ich wiederum mit einem strahlenden Lächeln. „Wirklich dankbar!", wiederholte ich. Ich wollte keinen Stress. Ich wollte nur, dass es mir besser geht. „Das geht so aber nicht! Sie können sich nicht einfach ein Krankenhaus aussuchen.", ging das Geheule weiter. „Reden Sie erst einmal mit dem Chefarzt, sonst geht das nicht!" Schwester Steffi aus Bohnsdorf sagte mir, dass das auf jeden Fall ginge und falls sie mich nicht überstellen wollen, soll ich notfalls ein Taxi nehmen. Das gab ich gerne genau so weiter. „Okay", sagte ich, „wenn das jetzt zeitnah geschehen kann, rede ich mit dem Chef. Rufen Sie bitte in der Zwischenzeit im KKH Hedwigshöhe an und klären die weitere Vorgehensweise. Ob Sie mich nun entlassen oder verlegen wollen. Mein Bett steht dort für mich bereit." „Aber ab morgen hätten wir für Sie hier auch ein Einzelzimmer auf der Station." versuchte sie mich einzulullen. „Tut mir leid", sagte ich, „mittlerweile möchte ich auch nicht mehr auf Ihrer Station bleiben!" Endlich wurden ihre Augen mal größer. Ich ersparte mir weitere Kommentare von ihr und sagte nur noch: „In einer Stunde nehme ich mir ein Taxi." „Das geht nicht mit dem Zugang im Hals!", schnippte sie wieder zurück. „Dann wird der eben gezogen", sagte ich. „Notfalls von mir selbst!". Mimimis Augen wurden noch größer und fielen fast aus den Höhlen. Ich wartete wieder im Warteraum und trank weiterhin den ein oder anderen Tee.

Inzwischen war Schichtwechsel bei den Schwestern. Der Frühdienst verabschiedete sich persönlich von mir und wünschte mir viel Glück. Wobei auch immer, dachte ich noch so. Aber nett! Na egal, jedenfalls kam dann irgendwann der Chefarzt. Die Stunde war natürlich schon längst vorbei. Sie setzten sich beide an meinen Tisch. Mein Herz pochte, stolperte, raste, setzte aus und beruhigte sich. Wahrscheinlich machte ich mich auch nur verrückt.

Ständig hatte ich meine Finger an der Halsschlagader.

„Guten Tag Herr Viessmann, mein Name ist Doktor ‚trallala'… mhmm aha." War mir egal, wie der hieß. Wollte ich mir nicht merken, nur schnell hinter mich bringen. „Frau Doktor sagte, Sie möchten nicht bei uns bleiben… mhmm aha. Warum denn?" „Na das wird sie Ihnen doch bestimmt auch gesagt haben", erwiderte ich. Aber ich erklärte es ihm noch einmal haarklein. Zu all den Gründen, welche ich bereits mehrfach geäußert hatte (Dreck, Gestank, uralte Technik, fehlende Kompetenz der Pfleger bei der Aufnahme, fehlende Kommunikation lt. Aussage mehrerer Patienten, Krankenhaus-Keim im Nebenbett), musste ich, nach einer kurzen vorfälligen Entschuldigung Mimimi gegenüber, auch noch sagen, dass ich mich auf dieser Station und unter Leitung dieser Ärztin nicht gut aufgehoben fühlte.

Schweigen! Ich stellte auch hier bewusst nicht die Kompetenz der Tante infrage, jedoch stimmte irgendetwas nicht mit ihr. Irgendetwas an ihr fühlte sich falsch an.

„Wissen Sie, das alles ist mehr oder weniger nur ein Gefühl", sagte ich, „also bis auf den Dreck und den Gestank", konkretisierte ich nochmal. „Das kann alles ganz anders sein, als ich es wahrgenommen habe. Bis auf den Keim und die merkwürdige Kommunikation.", schob ich nach. „Ist aber mein Gefühl und mit Diesem in meinen Eingeweiden kann ich hier nicht gesund werden. Und das sollte doch wohl unser aller Ziel sein."

„Sie haben keine freie Krankenhaus-Wahl…mhmm aha.", sagte er völlig unbeeindruckt von dem, was ich ihm berichtet hatte. „Sie bekommen morgen ein Einzelzimmer hier auf der Station…mhmm aha." „Hören Sie mir nicht zu?", wollte ich wissen. „Ich werde heute Ihr Krankenhaus verlassen. So oder so!" „Das liegt nicht in Ihrer Entscheidung…mhmm aha." Was war das eigentlich für ein Schwachmaten-Tick von diesem Kerl, sich nach jedem Satz selbst zu bestätigen …mhmm aha …mhmm aha??? „Und ob das in meiner Entscheidung liegt!", versuchte ich ruhig und mit einem nicht allzu verkrampften Lächeln zu entgegnen. Mein Puls war sicherlich im obersten Bereich. „Sie kennen mich nicht Herr Doktor! Ich sage Ihnen hier nicht nur, was ich meine, ich meine tatsächlich auch, was ich Ihnen gerade sage!", wurde ich langsam unangenehm. „Und das…", fuhr ich fort, bevor Mimimi gerade die Luke öffnen wollte, „tue ich dann übrigens auch! Ganz sicher!", schloss ich ab.

„Sie können auch ein Zimmer für 500 Euro die Nacht bei uns haben! …mhmm aha". „Ach so?", sagte ich, „Ich dachte es gibt keine freien Zimmer! Danke, aber nein! Mein unwohles Gefühl hat sich gerade auf Sie und auf das ganze Haus ausgeweitet!", beendete ich diese Diskussion. „Bitte entscheiden Sie jetzt, wie wir verfahren wollen", bat ich ihn. „Ich verlasse dieses Haus noch heute. Entweder werde ich mit Ihrer Zustimmung verlegt, oder ich entlasse mich selbst und nehme ein Taxi. Entscheiden doch bitte Sie, was in Ihren Augen am sinnvollsten ist", sagte ich mit meinem schönsten Kellner-Lächeln, welches ich im Rucksack hatte. „Mir ist es mittlerweile schnurzegal!"

Ich war auf 180. Um meiner Entscheidung eine gewisse Endgültigkeit zu verleihen, machte ich seinen Tick auch noch nach.

„Mhmm aha ..mhmm aha!!"

Dabei schaute ich erst ihr, dann ihm tief in die Augen. Sie zogen sich zur Beratung ins Arztzimmer zurück.

Das ganze Gespräch wurde von einem älteren Herrn verfolgt, welcher hier ebenfalls Patient war. Er verstand mein Problem überhaupt nicht, er war absolut zufrieden und fühlte sich wunderbar umsorgt. Ich freute mich für ihn und sagte, er solle sich dieses Gefühl bewahren und von niemandem nehmen lassen. Dann wird er bestimmt gesund!

<<<<<<<<<<<<<<<<<<<<<<<<<<<<<<<<<<<<<<
<<<<<<<<<

Im Jetzt und Hier muss ich mich gerade fragen, was Leute dazu bewegt, mit einem widerlichen Kratzhusten in die Sauna zu gehen und alle daran teilhaben zu lassen. Ein Pärchen, Mitte/Ende 60. Unwahrscheinlich, dass sie sich gerade gemeinsam verschluckt haben. Ich habe sie nur angeschaut und gesagt: „Könnt ihr gerne behalten!". Keine Ahnung, ob sie das verstanden haben. Alle anderen bestimmt. War mir auch egal, ich bin rausgegangen.

Schöne Sonne! Es ist wunderbar, wenn man sich aus welchem Grund auch immer die Zeit nehmen kann zu beobachten, wie das neue Jahr so langsam, Stück für Stück seine Augen öffnet und zum Leben erwacht. Erst nur zaghaft, ein paar Sonnenstrahlen. Tag für Tag und Woche für Woche, dann immer mehr. Kräftiger. Höher am Himmel. Da steh ich doch mal lieber wieder nackt im Garten, als mir das Gekrächze und Gehuste dort drinnen anzuhören und mir meine Portion Grippe abzuholen.

Erster Februar, windig, sonnig, nackt! Ich finde, dass man die Energie der Sonne durch geschlossene Augen viel besser aufnehmen kann als durch offene. Wer weiß…! So langsam fragen mich die ersten Leute hier in der Sauna, was ich immer so fleißig schreibe.

>>
>>>>>>>>>

Die Zeit verging. Viele Tees flossen das Klo runter und ich führte noch einige Gespräche mit Patienten, sowie mit den Schwestern. Bis auf den einen älteren Herrn bestätigten mir ausnahmslos alle, dass ich woanders wohl mehr Genesung erfahren würde und es sich lohnt, dabei hart zu bleiben und zu kämpfen. Endlich lässt sich mal jemand nicht alles gefallen und widersetzt sich. Selbst die

Essensfrau servierte mir das Abendbrot mit einem Zwinkern im Besucherzimmer, obwohl sie es eigentlich ans Bett bringen sollte. Es war schön dieses Gefühl. Das Gefühl, Unterstützer zu haben. Wenn auch nur im Geiste. Ich war voller Mut und Tatendrang. Vereinzelte Klopfversuche am Arztzimmer waren leider vergebens. Mann, es wurde langsam recht spät und ich überlegte, mir jetzt einfach ein Taxi zu nehmen. Die Schwestern meinten aber, ich solle besser noch abwarten und irgendwann kam sie tatsächlich den Gang runter gelaufen. Mimimi! Sie winkte mich zu sich heran. Sie hätte wohl mit Bohnsdorf telefoniert und dort ist nun kein Bett mehr frei!

Meine kleine Welt brach komplett in sich zusammen. Ich fing an zu heulen. Wirklich, mir liefen die Tränen die Wangen herunter. Sie triumphierte! Ich hatte meinen Mut verloren. Hatte ich eben noch einen Plan, war ich jetzt total leer im Kopf. Ich konnte hier nicht bleiben, aber wohin mit mir? Sie bot mir ab morgen entweder das Einzelzimmer hier auf der Station an oder ein Doppelzimmer auf einer anderen. Heute Nacht musste ich definitiv hierbleiben. Sie grinste mich dabei zwar nicht an, das gab ihr Gesicht nicht her, aber ihre Augen funkelten süffisant. Verzweifelt entschied ich mich für das Doppelzimmer. „Die Nacht verbringe ich aber sitzend hier draußen!" „Das werden wir noch sehen", sagte sie ganz langsam und bereits im Umdrehen begriffen. Siegreich stolzierte sie zurück ins Arztzimmer.

Das war nicht gut für mein Herz. Ein Telefonat mit Janina konnte mir dieses Mal auch nicht wirklich helfen. Hatte das hier jetzt etwa zu lange gedauert oder hatte mich die Schwester in Bohnsdorf verladen? Immerhin waren seit dem letzten Telefonat mit Schwester Steffi dort bereits sage und schreibe 5 Stunden vergangen. Das muss man sich mal vorstellen. 5 geschlagene Stunden! Das kann ich ganz genau in meinen Gesprächsprotokollen auf meinem Handy sehen. 5 beschissene Stunden ließen die mich hier schmoren! Unglaublich! Grübeln brachte da aber gar nichts. Ich rief nochmal an.

„Herr Viessmann, wo bleiben Sie denn?", meldete sich dieses Mal Schwester Katja. Klar, die Schicht von Steffi war längst vorbei. Sie hatte Katja aber informiert und gebrieft, was im Notfall zu tun sei. „Wir warten auf Sie, das Zimmer ist bereit!" Waaaaaasssssssssss? Ich fragte zur Sicherheit nochmal nach und vergewisserte mich, dass ich eben nichts falsch verstanden hatte. Und, ob diese dumme Tute überhaupt dort angerufen hat. „Nicht bei mir", sagte Katja. „Auf jeden Fall nicht bei mir. Aber ich kann sie gerne mal anrufen." Ich bat darum, bedankte mich abermals für die Hilfe und war schon auf dem Weg zum Arztzimmer.

Mein Klopfen ließ nicht den Hauch eines Zweifels, wer wohl der Klopfer sein mochte und Einlass begehrte. Ich war rasend vor Wut. Instinktiv wusste ich von Anfang an, dass man dieser Hexe nicht trauen konnte. Nun hatte ich den Beweis. Als sie nach mehrfachem Pochen gegen die Tür nicht öffnete, tat ich es. Sie telefonierte. Mit Bohnsdorf. Als sie aufgelegt hatte meinte sie: „Jetzt sei wohl wieder ein Bett frei..." Ich hätte ihr am liebsten eins in die Luke gehauen, zügelte mich jedoch und fragte nur: „Wie jetzt ... Taxi oder Transport?" Mehr sagte ich nicht. Ich wollte mich beruhigen. Mein Herz hatte nur 27% und ich hatte heftige Rhythmusstörungen. Mir ging es nicht gut.

Ich war fertig, hatte keine Kraft mehr, war müde und fragte mich, warum ich eigentlich so kämpfen musste. Nur um für mich ein ruhiges, sauberes und medizinisch gut versorgtes Nest zum Gesundwerden zu finden. Das sollte in unserer Gesellschaft doch jedem zustehen. Wozu zahle ich Unsummen an Krankenversicherung? Das erste Mal ärgerte ich mich wahnsinnig darüber, dass ich mich entschieden hatte, weiterhin in der gesetzlichen KV zu bleiben, obwohl ich in der privaten für 1/3 bis ½ der Beiträge weitaus bessere Leistungen bekommen würde.

„Wir bestellen Ihnen einen Krankentransport. Das kann aber dauern." Das war mir jetzt auch egal, hatte ja eh schon den halben Tag gedauert. Es war jetzt circa halb sieben abends, bis um acht halte ich noch aus. Hohohahaha!

Um 21:26 Uhr saß ich dann tatsächlich im Krankentransport, nachdem mich die Nachtschwester dort voll der Freude und des Respekts mit einem ‚High five' und den besten Wünschen verabschiedet hatte. Von kurz vor 12 Uhr mittags bis halb 10 Uhr abends hat diese ganze Kacknummer hier gedauert. Was für Penner!

Und ich hatte doch nur Gutes von der Pauline gehört!

Fahrzeit circa 30 Minuten. Aufgenommen wurde ich in der Notaufnahme, nicht auf der Station und obwohl ich mehrfach mitteilte, dass es sich hier um eine Verlegung und nicht um eine Neuaufnahme handelte, dauerte es. Egal, ich wollte hier nicht gleich wieder als Meckerkopf herausstechen und übte mich in Geduld. Ich zog mich in mich selbst zurück und wartete. Um während der Aufnahme hier aufgekommene Unklarheiten mein Blutbild betreffend auszuräumen, rief ich noch einmal auf der Intensivstation im DHZC an. Ich reichte dem Arzt dort den Arzt hier ans Ohr. Die beiden fachsimpeln besser miteinander. Bei mir würde das nur wieder ‚Stille Post' werden und wer weiß, wohin das führen würde. Meine Rhythmusstörungen sorgten ebenfalls für Gesprächsbedarf. Obwohl die eigentlich schon nachließen, sobald ich im Transporter saß. Kurz nach 2 Uhr, ja richtig gehört, kurz nach 2 Uhr nachts war ich dann endlich auf der Station. Glücklich, endlich angekommen zu sein. Schwester Katja war natürlich nicht mehr anwesend. Ihre Schicht war auch längst vorbei! Da ich im Zimmer nicht allein war, legte ich mir Sanskrit-Musik aufs Ohr und schlief ein.

Kapitel 11

Hedwigshöhe die Zweite

Am nächsten Morgen gingen die Untersuchungen weiter. Laut Echo hatte ich wieder nur noch 20% Herzleistung. Das warf mich zurück! Vor allem psychisch. Bestimmt hatte der gestrige Tag seine Spuren hinterlassen, war ja klar. Aber dass das wieder so schlecht geworden war…echt heftig! Nun äußerten die Ärzte auch noch den Verdacht, dass ich evtl. Vorhof-Flimmern, oder sogar Kammerflimmern habe. Mann, warum kann das denn nicht einfach vorwärts gehen?? … verdammt nochmal!

Der Arzt hatte auch noch eine weitere schlimme Ahnung, wollte dazu aber erst etwas sagen, wenn bei mir noch mal ein Schluckecho gemacht wurde. Ich war fürs Erste bedient. Abgesehen davon, und dass ich meine Medikamente teilweise in der falschen Dosierung bekam, war der Aufenthalt hier recht angenehm. Das mit der Dosierung war mir aufgefallen und ich hatte es auch gemeldet, es dauerte aber 4 Tage, bis das nach immer wehrenden Nachfragen endlich verstanden und geändert wurde. Fast zu 100% korrekt! Das letzte Medikament passte ich selbstständig wieder an, nachdem ich das Krankenhaus verlassen hatte. Ich hielt mich da tatsächlich mal an den Plan des Professors aus der Charité. Spezialisten muss man auch mal vertrauen.

Meine Zimmernachbarn wechselten. Am ersten Tag war es noch ein junger Kerl, dem eine Bypass-Operation bevorstand. Ich versuchte ihm nicht zu viel von mir zu erzählen. Dann war ich zwei Nächte allein. Auch sehr schön! Danach kam für einen Tag und eine Nacht ein Mitte/Ende 60er Musikproduzent, bei dem man die geplanten Katheter-Untersuchungen aber nicht machen konnte. Also wurde er wieder entlassen. Darauf folgte ein Rechtsanwalt ungefähr gleichen Alters. Der wurde mir nachts ins Zimmer geschoben. Das war befremdlich.

Ich fragte ihn am nächsten Morgen, ob er am Tourette Syndrom leide, da er die ganze Nacht über immer wieder kurz gebellt hatte und noch andere komische Geräusche gemacht hatte. „Nein", sagte er, „du hast geschnarcht wie ein Ochse. Ich wollte dich immer nur wecken, damit du aufhörst!" Ah, okay … das machte Sinn. „Sorry", sagte ich, „ich muss auf dem Rücken liegen wegen der OP. Da ist Schnarchen leider vorprogrammiert!" Das verstand er. Jedoch gestaltete das die nächsten Nächte recht schwierig. Ich konnte nicht schlafen, weil er mich anbellte und er nicht, weil ich schnarchte. Krankenhaus eben!

Am 10ten Geburtstag meiner Tochter, bei dem ich zu Hause leider nicht dabei sein konnte, hatte ich dann das Schluckecho. Ich freute mich recht wenig darauf, wusste aber, dass ich mich dieses Mal vorher von Manja wegschießen lasse. Und ich musste ihr dringend noch erklären, was ich beim letzten Mal mit ‚hal hikken' meinte. Nicht, dass sie mich als geilen und versauten Opa im Gedächtnis behielt.

Das Gute war, bis zu diesem Tag war geklärt, dass ich keine krankhaften Herzrhythmusstörungen hatte. Kein Kammerflimmern und kein Vorhofflimmern. Das war ja schon mal sehr schön! Was nicht so schön war, äußerte der Arzt kurz vor der jetzt anstehenden Untersuchung. Er vermutete ein neues, durch das unsachgemäße Annähen der Klappe, verursachtes Loch zwischen linker und rechter Herzkammer. Falls sich das bestätigen sollte, wäre eine Re-OP wohl unausweichlich. Kacke! Bitte nicht, bitte nicht! Manja lachte bei der Pulp Fiction Aufklärung kurz und herzhaft, hielt dann aber aufgrund der ärztlichen Prognose ihre Fröhlichkeit auf Sparflamme.

Ich wurde sediert und knackte langsam weg. Dieses Mal bekam ich nichts mit. Lange Gesichter als ich langsam wieder zu mir kam! Beim Erwachen gab es leider kein Lächeln für mich. Nur ein sehr gequältes von Manja. Die Befürchtung des Arztes hatte sich bestätigt. Der Gibbon im DHZC hatte mir beim Vernähen der künstlichen Klappe ein Loch rüber zur rechten Herzkammer gestochen. (Was für ein Arsch…denke ich jetzt gerade beim Schreiben!)

Außerdem ist die Klappe wohl nicht mal richtig fest vernäht. „Die schwingt hin und her.", sagte der Arzt, welcher hier vor ein paar Wochen auch die Katheter-Untersuchung gemacht und dabei festgestellt hat, dass ich einen Bypass brauche. „Mindestens eine Naht ist undicht und muss nachgearbeitet werden." „Das kann doch verdammt nochmal nicht wahr sein", sprudelte es aus mir heraus. „Diese Penner hatten 2 Sachen zu erledigen und haben 3 Sachen verkackt?!!!" Ich rastete kurz aus. „Was ist denn das für ein Schweinestall dort?? Und was ist dieser Operateur bloß für ein Arschloch?????"

<<<<<<<<<<<<<<<<<<<<<<<<<<<<<<<<<<<<<<
<<<<<<<<<

Ich musste im Jetzt und Hier eine mehrtägige Schreibpause einlegen. Seitdem ich schrieb, dass ich keine krankhaften Herzrhythmusstörungen habe, hab ich nun seit Tagen genau Diese. Hoffentlich nicht krankhaft, aber heftig! Viele, viele Aussetzer. Alle unter 3 Sekunden, aber echt viele. Ohne Symptome, jedoch extrem nervig. Ist jedes Mal wie eine kleine Aufgeregtheit im Bauch. Teilweise zwei-dreimal pro Minute. Da mein nächster Termin bei einem niedergelassenen Kardiologen erst in gut 2 Monaten stattfindet, muss ich allein damit fertig werden. Notaufnahme ist keine Option. Wer weiß, was dort dann wieder orakelt wird. Mein Vertrauen in Ärzte hat leider massiv gelitten.

Das nicht erst seit meiner eigenen Odyssee. Nein, das schon seit den Erfahrungen, welche ich während der Koma-Nachbetreuung meiner Mutter in verschiedenen Krankenhäusern machen musste. Sie hatte damals Glück, dass ich mich um ihre Belange, Medikation, Hilfsmittel, etc. gekümmert hatte. Da wäre sonst leider nur Schrott bei herausgekommen.

Mit diesem Rhythmus in der Brust bin ich jetzt beim Sport und Sauna noch etwas vorsichtiger als, ich sowieso schon bin. Werde jetzt gleich mal mit Bauchgurt in die Sauna gehen, um drinnen die Herzfrequenz zu messen. ….

In der Spitze 110 Hz bei knapp 70 Grad, mittlere Etage und 15 Minuten. Das ist gut! Denke ich zumindest. Sagt mir ja keiner. Außer Dr. Dirk. Egal, weiter im Text…

>>>
>>>>>>>>>

Auf den Schweinestall und die Anal-Rosette wollte mir der Arzt hier nicht antworten. Er war, wie ich später erfuhr, eng mit dem DHZC verbunden. Hatte lange Zeit dort gearbeitet und noch gute Verbindungen. Vielleicht auch noch zu gute Verbindungen und zu eng verbunden?

Die Antwort darauf konnte ich mir dann später selber geben, als ich mich in Bernau sicherheitshalber für eine dritte Meinung durchchecken ließ. Sie hieß JA. Das erklärte dann nämlich auch, warum er mir seit meinem zweiten Aufenthalt hier in Bohnsdorf immerwährend und ständig die Revisions-OP einreden wollte. Das ich das verstand, dauerte aber leider noch, denn jetzt war ich ja gerade noch in Bohnsdorf.

So gab er also zu Protokoll, dass es keine andere Option außer der Revisions-OP mehr gäbe. Ich war komplett am Boden zerstört. (Man merkt, wie volatil ich zu dieser Zeit war!) Ich hatte den ganzen Tag vor dieser Untersuchung Stoßgebete in alle Richtungen geschickt. Wie ein Mantra, immer wieder, manchmal leise, manchmal nun in mich hinein, wiederholt: „Bitte keine Re-OP ... bitte keine Re-OP!" Das alles half anscheinend gar nichts.

Aus meiner Verzweiflung und Ablehnung wurde nach und nach Verzweiflung und aufgezwungene Zustimmung. Ich wollte ja leben ... ich will ja leben! Jedoch erkämpfte ich mir eine Galgenfrist. Ich wollte erst wieder Kraft dafür sammeln. Zuhause. In gewohnter Umgebung. Im Kreise meiner Liebsten. Mit selbstgekochter gesunder Kost. Ich hatte fast 10 Kilo abgenommen und die mussten wieder rauf. Sonst bin ich nach der nächsten OP weggehungert. Dann liegt da kein Mowgli mehr im Bett, sondern nur noch trockene Knochen.

Das gefiel dem Arzt überhaupt nicht und die alte Leier aus den ersten 2 Post-OP Tagen ging wieder los. Wortgleich mit den Visite-Ärzten dort. Re-OP...Re-OP! Er hätte mit denen wunderbar in einen Kanon einstimmen können.

Was waren die noch eng verbunden.

Wiederum in der Hoffnung, nichts falsch zu machen setzte ich mich abermals durch. Ich durfte nach Hause. Er kündigte im Herzzentrum meine Bereitschaft zur Revisions-OP an. Ich erbat mir 4-8 Wochen, um genügend Kraft zu sammeln. Es sollte zeitlich so passen, dass ich dann nach der erneuten OP nach ca. 10 Tagen wieder das Krankenhaus verlassen und Weihnachten zuhause feiern könne.

Die Reha sollte dann Anfang des Jahres starten. Da eine Reha nur einmal innerhalb eines gewissen Zeitraums gewährt wird, entschieden wir, dass dies nach der zweiten OP sinnvoller wäre. Kraft tanken würde ich mit Hilfe von Familie und Freunden allein schaffen. Am liebsten wäre ich sofort nach Hause abgehauen, sollte aber warten, bis mir die Lifeweste zur Verfügung stünde. Diese, so die Ärzte, sei für mich immens wichtig, da bei einer solch schwachen Herzleistung die erhöhte Gefahr des plötzlichen Herztodes besteht. Dafür dann die Lifeweste, quasi ein externer Defibrillator. Bei Anzeichen von Kammerflimmern, was hier der Vorbote wäre, löst die Weste aus. Natürlich nicht ohne Vorwarnung. Sollte ein Fehlalarm vorliegen, kann man die Behandlung auch noch stoppen. Ist auch nicht unwichtig, denn das soll wohl ein kräftiger Tritt vor die Brust sein, bei dem man sich auch Verbrennungen zuziehen kann.

Ohne diese Weste sollte ich von nun ab nirgendwo mehr hingehen. Sollte schön auf der Station bleiben. Nope! Ich muss laufen...brauchte frische Luft! Zumal die Weste viel zu spät bestellt wurde. Ich hatte Angst, dass das Teil erst zum Ende der Woche da ist und es vorher nix mit der Heimreise wird. Montag, der 2. Oktober war ja ein Brückentag. „Da geht doch bestimmt nicht viel.", war meine Befürchtung. Ich sollte jedoch auch mal Glück haben. Gegen Mittag war sie da am Montag. Mit Gebrauchs-Einweisung. Hurra! Da morgen ja Feiertag ist, stellte der Arzt meine Heimreise für übermorgen, den 04. Oktober in Aussicht. Das halte ich jetzt auch noch durch.

Ich gewöhnte mich also noch einen Tag hier an die Weste und wurde wie versprochen am Donnerstag entlassen. Natürlich plötzlich wieder gegen den Rat der Ärzte, denn die diensthabende Ärztin war da anderer Meinung. Darauf pfiff ich ohne nachzudenken und sagte ihr, sie möge in den Entlassungs-Brief kritzeln, was immer ihr genehm wäre. Ich mach dann mein Kreuz darunter! Auch sie konnte nicht fassen, wie ich, ein popeliger Patient, mich erdreisten konnte, meine Entscheidung gegen ihren ausdrücklichen Wunsch, ja ärztlichem Gebot zu fällen. Ärztin in Weiterbildung. Na da hat sie doch eben mal wieder was gelernt!

<<<<<<<<<<<<<<<<<<<<<<<<<<<<<<<<<<<<<

Erster Sauna-Aufguss seit Monaten!!! Ole schwingt das Handtuch. Yippie! Sehr gut verkraftet. War nicht ganz so heiß, daher für mich perfekt!
>>>>>>>>>>>>>>>>>>>>>>>>>>>>>>>>>>>>>>

Kapitel 12

Wieder zu Hause

Was jetzt folgte waren Wochen der Erholung. Ich sah mein Zuhause, meine Frau, meine beiden Mädels und euch, meine Freunde, alle wieder. Da war ich mir in den letzten Wochen manchmal nicht sicher. Einige wenige von Euch habe ich mich besuchen lassen. Nicht, weil ich die anderen nicht sehen mochte, sondern weil ich wie schon gesagt Krankenhäuser generell von beiden Seiten des Bettes aus hasse. Ihr habt mir alle sehr viel Kraft gegeben, auch wenn ich lange nicht auf Eure Nachrichten geantwortet hatte. Ging es mir schlecht, wollte ich das mit niemandem teilen. Ging es mir gut, war ich ängstlich zu optimistisch zu sein. Bin ich im Übrigen immer noch! Immer, wenn ich eine Verbesserung meines Zustandes mit jemandem geteilt habe, kam prompt Hiob um die Ecke. Deswegen sage ich auch heute noch, wenn man mich fragt, wie es mir geht,

„Ich sag mal …gut!".

Nicht einfach nur ‚GUT'. Das ist mir zu gefährlich! Ich achte nun noch mehr darauf, dankbar zu sein. Für mein Leben, meine Frau, meine Töchter und natürlich auch für Euch alle. Janina war mein Anker in dieser Zeit. Ich denke, Ihr wart ihrer.

Ja, was kam nun eigentlich bei der Untersuchung in Bernau heraus? Und wie kam ich überhaupt nach Bernau? Ganz einfach…geschockt von meiner Geschichte bot mir der beste Hausarzt den ich je hatte an, einen seiner alten Kontakte zu reaktivieren. Dieser ist der Klinik Chef im Brandenburger Herzzentrum in Bernau. Ich nahm dieses Angebot dankend an und Christoph (Pils) kündigte mich dort an. So hatte ich, als ich dort anrief, sofort einen Namen und war nicht wieder nur eine Nummer wie im DHZC. Sie waren bestens über mich informiert. Lange Rede, kurzer Sinn.

Ich besorgte die Befunde und sämtliche Bildgebung aus den Untersuchungen der letzten Wochen. Dabei stellte ich selbst beim Durchlesen schon fest, dass allen Ärzten ein Tag nach der OP die Information zur Verfügung stand, dass der Bypass irrelevant war, da das ‚zu versorgende Gefäß' gut bis sehr gut durchblutet war! Was für Schweine!

Der Bypass war aber verkackt, das wurde bestätigt. Das war aus diesem Grund aber auch erstmal egal.

Darüber hinaus verzichteten die Ärzte in Bernau, nach Durchsicht der betreffenden Bilder aus den Voruntersuchungen, auch auf eine dort nochmal geplante Schluckecho-Untersuchung, um den Status der künstlichen Klappe genau zu bestimmen.

Die Bilder aus Bohnsdorf ergaben klar, dass die Klappe gut vernäht war und einwandfrei arbeitete.

Somit hatte sich der untersuchende Arzt in Bohnsdorf gleich in 2 wichtigen Punkten „geirrt". –

- das fast zu 90 Prozent geschlossene Herzkranzgefäß (nur deshalb der Bypass)
- die falsch vernähte Klappe.

Diese zweite falsche Diagnose hätte mich fast zur Re-OP bewegt. Penner, blöder Wichser!

Das Loch zwischen linker und rechter Kammer haben sie aber tatsächlich beim Nähen geschossen. Dieser Shunt musste untersucht werden!

Dazu schoben sie mir dann sozusagen gleichzeitig je einen Katheter durch den linken und durch den rechten Arm ins Herz. Das krasse ist, dass man schon merkt, wie sich die Dinger im Arm bewegen. Gerade, wenn sie in der Schulter angekommen sind und die Beuge zum Herzen machen müssen. Man ist ja bei vollem Bewusstsein. Also es tut überhaupt nicht weh, man muss die Vorstellung nur entspannt verkraften und die möglichen Risiken ausblenden.

Na zumindest hatte sich bei der Untersuchung herausgestellt, dass dieser Shunt weder einen relevanten Druck-, noch Blutaustausch verursacht. Er ist also erst einmal zu vernachlässigen. Muss aber regelmäßig kontrolliert werden. Die Leistung meiner linken Herzkammer war mit mittlerweile wieder 30% zwar immer noch alles andere als ausreichend, jedoch invasiv nicht zu ändern.

Darüber hinaus empfänden die Ärzte hier in Bernau eine derartige Operation bei meiner jetzigen Herzleistung auch als viel zu risikovoll. Um es mal mit wenigen Worten zu sagen:

Sie entschieden, dass keine Revisions-Operation nötig ist!!

Hurraaaaaaaaaaaajajajajaaaa!!!!!

Das würden sie wirklich nur im absoluten Notfall machen. Sie bestätigten mir auch, dass ich für die im DHZC unbedingt angestrebte Re-OP, mit 10% - 15% Herzleistung, tatsächlich keine guten Überlebens-Chancen gehabt hätte. Gut, dass ich mein Herz, wie auch sonst fast alles in meinem Leben, lieber in meine eigenen Hände genommen habe!

Gelernt habe ich daraus mal wieder, dass man nicht nur darauf achtgeben sollte, WAS Menschen sagen, sondern vor Allem infrage stellen muss, zu welchem Zwecke sie etwas sagen. Mit welchem Ziel. Durch eine entsprechende Darstellung können nämlich selbst Wahrheiten dafür sorgen, dass man unter Zugzwang gesetzt eine Entscheidung trifft, die nicht wirklich im Interesse der Sache liegt. In diesem Fall nicht in meinem Interesse. Nicht im Interesse meiner Gesundheit. Nicht im Interesse meines Überlebens.

Was wohl der Grund sein mochte, warum der Arzt in Bohnsdorf erstens einen notwendigen Bypass und dann noch eine klappernde schlecht vernähte Herzklappe diagnostizierte und mich fast doch zu einer Re-OP bewegt hätte, bleibt für immer ein Rätsel. Erst wollte ich ihn diesbezüglich ansprechen. Ich entschied mich dann aber dagegen. Denn, ob ich ihm die Antwort wohl geglaubt hätte...? Keine Ahnung.

Ich möchte dort niemanden der Lüge bezichtigen, aber des Verschweigens und des Zurückhaltens von Informationen. Durchaus wichtigen Informationen in diesem Fall. Man wollte ganz offensichtlich einfach nur den während der OP begangenen Fehler beheben, um sich Nichts nachsagen lassen zu müssen.

Was wäre wohl dabei herausgekommen? Operation gelungen, Patient tot? Das kannte man ja.

Was, wenn ich das voller Angst und Vertrauen zugelassen und doch überlebt hätte? Hätten sie mich dann kurz darauf wieder öffnen wollen, wenn sie festgestellt hätten: „Oh...wir haben da ja auch noch einen Shunt von links nach rechts gestochen. Das müssen wir sofort dringend reparieren."

Würde da nicht schon fast ein Reißverschluss zwischen meinen Titten Sinn machen?

Wer weiß denn, was sie bei weiteren OPs noch verkackt hätten und dann auch noch repariert werden müsste? Dieser unsägliche Gedanke endet hier!

Ich hoffe, dass es auch wirklich dabei bleibt, dass keine weitere Operation mehr notwendig sein wird und sich mein Zustand weiter verbessert. Bestenfalls auf über 50 Prozent und weiterhin gute Herzkranzgefäße.

Odyssee im Krankenhaus. Das Wort ‚Odyssee' habe ich nicht ohne Hintergedanken gewählt. Odysseus landet nach seiner Odyssee wieder in seinem Heimathafen und lebte fortan glücklich mit seiner Familie. Ich hoffe, meine eigene Odyssee ist nun auch bereits vorbei. In meinem Hafen bin ich bereits wieder eingelaufen und glücklich mit meiner Familie? Na absolut!

Von meiner Lifeweste hatte ich mich dann nach 9 Wochen auch getrennt. Das Ganze natürlich in Absprache mit Doktor Dirk, Professor Viessmann und meiner Wenigkeit! Ich hatte zu keinem Zeitpunkt auch nur den leisesten Verdacht eines Herzflimmerns. Das Ding fing eher an, mich einzuengen und Krämpfe im Rippenbogen zu provozieren. Außerdem machte ich mich daran, die Aussagen der Ärzte zu relativieren. Ich holte meinen spitzen Bleistift heraus und rechnete:

Das normale männliche Herz umfasst am Ende der Füllphase der linken Kammer ca. 62 – 150ml

Die normale Leistung einer linken Kammer liegt bei ca. 55-60%

Mein linker Ventrikel hat, gemäß der Befunde, ein Volumen von mindestens 250-272ml

Meine derzeitige Leistung der linken Kammer beträgt 30%

Wenn ich nur die Mittelwerte vergleiche macht sich folgende Rechnung des bei jedem Herzschlag gepumpten Blutes auf:

106ml x 58% = 61,5ml beim gesunden Herz

261ml x 30% = 78,3ml bei mir

Das soll nicht heißen, dass jetzt alles okay wäre. 30% sind sehr schlecht! Aber weil mein Herz noch genügend Blut durch meinen Körper pumpt, komme ich gut über den Tag. So hat sich auf meine Nachfrage zumindest der Kardiologe in Bernau geäußert. Deshalb habe ich keine Symptome wie Schwindel, Atemnot oder Ohnmacht.

Natürlich ist das eine Milchmädchenrechnung, aber sie stimmt!

......

Ich hatte eine 10 tägige Trainings- und Schreibpause. Meine Herzrhythmus-störungen wollten einfach nicht aufhören. Nun haben sie zumindest etwas nachgelassen, oder vielleicht klappt es mittlerweile besser, sie zu ignorieren. Da es sich nicht um Herzrasen in Form von Vorhofflimmern oder Kammerflimmern, sondern „nur" um Aussetzer handelt, besteht da wohl erstmal kein akuter Handlungsbedarf. Ich beobachte das, ohne mich darauf zu konzentrieren. Schwierige Angelegenheit! Habe mit Christoph abgesprochen, die Medikation leicht zu ändern. Anscheinend lagert mein Körper nun auch noch Kalium ein. Eisen war mir ja bekannt. Der Kaliumwert ist noch im Normalbereich, aber bereits am oberen Limit. Zuviel davon kann eben Herzstolpern, bis hin zum Herzstillstand verursachen. Zu wenig davon verursacht Herzrasen. So doof und so doof. „Doof ist doof!", meinte Christoph gestern. Hat er recht! Also nehmen wir mal die Entwässerungspille raus, die Kalium nicht mit ausspült und erhöhen die andere Entwässerung. Das sollte helfen und das Problem beheben! Toi toi toi!

Draußen im Saunagarten ruft der Frühling bereits…Amsel und Kollegen geben sich alle Mühe, den Winter hinfort zu singen. Na hoffentlich klappt`s!

Mir ist erst jetzt, nach gut 5 Monaten bewusst geworden, dass ich eigentlich sehr dankbar sein muss, dass ich so ein schreckliches Aufwacherlebnis hatte. Wäre ich nicht fast erstickt, hätte ich höchst wahrscheinlich die Revisionsoperation über mich ergehen lassen. Und diese hätte ich zu diesem Zeitpunkt bestimmt nicht überlebt. Also …. Yin und Yang.

In jedem Haufen Scheiße steckt also ein Diamant. Man muss ihn nur erkennen. (Manchmal ist es aber auch nur eine Erdnuss!)

Eigentlich kann ich, wenn mich jemand fragt wie es bloß sein kann, dass so vieles schief gelaufen ist, immer wieder nur das anthropische Prinzip bemühen. Wäre es anders gelaufen, wäre ich eventuell nicht mehr da, um diese Frage gestellt zu bekommen.

Die Frage vom Anfang, warum ich ein Problem mit der Herzklappe habe, wurde von mir nun noch gar nicht beantwortet... Ich mache es mal kurz.

Der 2007 den Klappenfehler diagnostizierende Arzt gab mir zwei Möglichkeiten. Entweder ist das ein angeborener Herzfehler oder ein Dopingschaden. Die zweite Möglichkeit versuchte ich in einem kurzen Gespräch mit meinem ehemaligen Trainer abzuchecken. Im Alter von 9 bis 16 Jahren war ich ein Ringkämpfer beim BSG Luftfahrt Berlin. Damals nicht der schlechteste Verein was das Ringen anging nach Sangerhausen und Zella-Mehlis...

Das Trainingsprogramm damals war straff! Regelmäßige Trainingslager standen auch auf der Agenda. Dort, so erinnere ich mich, war es immer extrem wichtig, nach jeder Trainingseinheit eine bereits geöffnete viertel Liter Flasche Milch auszutrinken. Dies zu verweigern war ein größeres ‚No-Go', als nicht zum Training zu erscheinen. ...und Durst hatten wir! ...und gesund ist Milch ja auch! Ob dort etwas hineingetan wurde oder nicht, sprengte damals meine Vorstellungskraft und ist heute nicht mehr zu erkunden.

Mein damaliger Trainer konnte oder wollte sich dazu nicht äußern. Ich hätte ihm da aber auch niemals Vorwürfe gemacht, wenn er es bestätigt hätte.

Die Dinge waren damals so wie sie waren. Und immerhin hatte er einen sehr großen Anteil an meiner Erziehung … in vielerlei Hinsicht. Allzu schlechte Arbeit hat er da meiner Meinung nach auch nicht geleistet! Danke René dafür!

Somit kann ich aber die Frage, warum ich ein Problem mit dem Herzen, bzw. mit der Herzklappe habe, sorry hatte(!), gar nicht wirklich beantworten. Im Grunde ist das auch irrelevant. Die Dinge sind auch heute noch so wie sie sind!

Nachwort

Kurzes Update...
Gestern (März 24) war ich 6 Monate nach der OP beim Kardiologen in Bernau, um mich checken zu lassen.

Mein Allgemeinbefinden hat sich erheblich verbessert. Die Rhythmus-Störungen schaffe ich weitestgehend zu ignorieren. Meine Leistungsfähigkeit hat sich ebenfalls gut verbessert. Das sehe ich an meiner Trainingskurve, welche in regelmäßigen Abständen meine Herzfunktion bei gleichbleibender Belastung darstellt und von mir aufgezeichnet wird. In Ermangelung eines Arztes, der mir dazu Vorgaben gemacht hat, ist das ja der Plan und das Controlling von Dr. Dirk. Mein Ruhepuls pendelt sich ebenfalls wieder in Richtung Normalwert ein.

Mein Kardiologe aus der Hochschulambulanz Bernau bestätigte mir nach der Echo-Untersuchung hingegen, dass sich meine Herzleistung leider überhaupt nicht verbessert hat (im nachgelieferten Arztbrief 25% - aber nur in 2 Ebenen gemessen) und empfahl mir die Implantation eines Defibrillators. Am besten ein Kombi-Gerät mit unterstürzender Schrittmacher Funktion.

Ich denke mir meinen Teil!

Am besten nehme ich mein Herz wohl wieder in meine eigene Hand!

Up-update

Kurz nach der Untersuchung in Bernau hat mir mein neuer Kardiologe in Rüdersdorf eine Herzleistung von 35 – 40 % attestiert. Das linke Kammervolumen beläuft sich immer noch auf 270ml. Diese Messung hier dauerte auch entschieden länger als die in Bernau und war daher meiner Ansicht nach auch genauer.

Na nun fragt euch doch mal, welchen Arzt ich nun wohl besser leiden kann.......!

Up-up-update

Wir haben Ende Mai. Reha ist endlich bewilligt und startet Anfang Juli. Bin mal gespannt, ob die mit meinem mittlerweile wieder recht guten Trainingspensum mithalten können.

Aus dem Dirkling, der aus dem Krankenhaus entlassen wurde, ist in den letzten Monaten auch wieder ein Dirk geworden.

Die Untersuchung in Bernau letzte Woche bezüglich der Notwendigkeit eines Defibrillators hatte zum Ergebnis, dass ich mich dort gerne telefonisch melden darf, falls ich eine Beratung dazu wünsche. Klingt mir jetzt nicht so, als wäre das notwendig!

Ich bin nach und nach dabei, meine Medikamente zu reduzieren, bzw. abzusetzen. Das ganze natürlich unter ständigem Controlling unter Aufsicht von Dr. Dirk. Nicht alle, aber einige. Das Gehirn funktioniert ja noch! Die Schmerzmittel, welche ich überhaupt noch nehmen darf, hab ich seit Ende Februar wegen Unwirksamkeit ebenfalls komplett aus meinem Körper verbannt (bis auf Salben). Und siehe da, ich kann trotzdem laufen. Manchmal wie ein Pinguin, aber ich mag Pinguine!

Ich stand gerade nackt im Gewitterregen im Saunagarten in Wildau.

Mann, ich bin sooo happy, dass ich das überhaupt noch kann!

Mitte Juni…. 9 Monate vorbei.

Gestern beim Beachvolleyball-Turnier bei uns am Strand im ‚Team Spaß' gestartet.

Vier Spiele.

Eines gewonnen.

Heute tun mir die Füße und die Hüfte a bisserl weh…

*… **wie geil ist das denn bitte?!!!***

Weitere Werke des Autors:

Dirk Viessmann

Peru Tag und Nacht

…nicht noch ein Reisebericht!

Zeitfracht Medien GmbH
Ferdinand-Jühlke-Straße 7
99095 Erfurt, Deutschland
produktsicherheit@kolibri360.de